文春文庫

青田波

新・酔いどれ小籐次（十九）

佐伯泰英

文藝春秋

目次

「新・酔いどれ小籐次」おもな登場人物

赤目小籐次《あかめことうじ》
元豊後森藩江戸下屋敷の厩番。主君・久留島通嘉が城中で大名四家に嘲笑されたことを知り、藩を辞して四藩の大名行列を襲い、御鑓先を奪い取る（御鑓拝借事件）。この事件を機に、〝酔いどれ小籐次〟として江戸中の人気者となる。来島水軍流の達人にして、無類の酒好き。研ぎ仕事を生業としている。

赤目駿太郎《しゅんたろう》
小籐次を襲った刺客・須藤平八郎の息子。須藤を斃した小籐次が養父となる。愛犬はクロスケとシロ。

赤目りょう
小籐次の妻となった歌人。旗本水野監物家の奥女中を辞し、芽柳派《めやなぎ》を主宰する。須崎村の望外川荘に暮らす。

五十六《いそろく》
芝口橋北詰めに店を構える紙問屋久慈屋の隠居。小籐次の強力な庇護者。

久慈屋昌右衛門《くじやまさえもん》
番頭だった浩介が、婿入りして八代目昌右衛門を襲名。妻はおやえ。

観右衛門《かんえもん》
久慈屋の大番頭。

国三《くにぞう》
久慈屋の見習番頭。

桃井春蔵《もものいしゅんぞう》
アサリ河岸の鏡心明智流道場主。駿太郎が稽古に通う。

岩代壮吾《いわしろそうご》　北町奉行所見習与力。弟の祥次郎と共に桃井道場の門弟。

空蔵《そらぞう》　読売屋の書き方兼なんでも屋。通称「ほら蔵」。

青山忠裕《ただやす》　丹波篠山藩主、譜代大名で老中。妻は久子。小籐次と協力関係にある。

おしん　青山忠裕配下の密偵。中田新八とともに小籐次と協力し合う。

お鈴　おしんの従妹。丹波篠山の旅籠の娘。久慈屋で奉公している。

桂三郎　錺《かざり》職人。妻のお麻は、呆けが進んだ父親・新兵衛の世話をしながら長屋の差配を務めている。

お夕　桂三郎・お麻夫婦の一人娘。父について錺職人の修業中。

子次郎《こじろう》　小籐次に名刀の研ぎを依頼した謎の青年。実は江戸を騒がせる有名な盗人。

青田波

新・酔いどれ小籐次（十九）

第一章　桃井道場様がわり

一

小籐次《ことうじ》と駿太郎《しゅんたろう》は、さっぱりとした頭髪に涼やかな白地の単衣《ひとえ》を着て、久しぶりに芝口橋北詰紙問屋久慈屋《くじや》の店頭の研《と》ぎ場に座った。

高尾山への旅から戻った二人の頭を見たおりょうが、

「ほうほう、親子して見事に伸び切った稲穂のような頭髪ですね」

と感嘆して今朝がた、浅草寺《せんそうじ》門前の床屋に二人を連れていったのだ。そのあと二人は、浅草寺に詣でるというおりょうと供のお梅と別れ、小舟に乗ってアサリ河岸の桃井《もものい》道場に立ち寄り、八丁堀の子弟たちを旅から無事連れ戻ったことを道場主の桃井春蔵に報告した。本日未だ年少組の姿が道場にないことを認めると、

駿太郎は師匠に、

「私も明日から朝稽古に通わせて頂きます」

と挨拶し、父の小籐次といっしょに久慈屋に向かったのだ。

久慈屋の店頭では赤目《あかめ》親子の紙人形が夏の陽射しをあびていた。

昨日望外川荘《ぼうがいせんそう》に戻ったばかりの親子が今日からくるとは久慈屋でも思っていなかったのだ。それを見た小籐次は、

「長いこと、そなたらに留守番をさせたな」

と紙人形に声をかけると、

「本日よりわれらが仕事をいたす。しばらくそなたらは体を休めてもらおう」

と言い添えた。

昨夕、見習番頭への出世が久慈屋の奉公人全員に披露されたばかりの国三《くにぞう》も手伝って、いまや久慈屋の看板になった紙人形を片付け、酔いどれ小籐次と駿太郎親子が研《と》ぎ場に座ったというわけだ。

研ぎをなす道具は久慈屋の分だけで何本もあった。

阿吽《あうん》の呼吸で親子して研ぎ仕事を始めたのを見た大番頭の観右衛門《かんえもん》が若い主《あるじ》の八代目昌右衛門《まさえもん》に、

「やはりうちの店先にはほんものの赤目小籐次様、駿太郎さんの親子が似合いますな」

と満足げに言ったものだ。

「二、三日お休みになればよいものを、昨日戻ってこられたばかりでもう研ぎ仕事ですか。恐縮至極です」

と親子と一緒に高尾山薬王院《やくおういん》への御用旅をなした昌右衛門が観右衛門に答えた。

「そうは申されますが、赤目様方よりひと足先に帰府された旦那様とて早々に仕事に戻られましたぞ」

「それはそうですが、赤目様親子は私どもが戻ったあと、高尾山で息を抜く暇もないほど多忙だったのですよ」

と昨日聞いた話を念頭に昌右衛門が応じた。

「さあて、本物の赤目様親子にだれが一番先に顔を見せますかな」

と観右衛門が呟《つぶや》く矢先に、

「おお、えっへっへへ」

ともみ手をしながら読売屋の空蔵《そらぞう》が姿を見せた。

「帰ってきやがったな、酔いどれ様よ。予定よりだいぶ長くあちらに逗留《とうりゅう》したということはそれだけ騒ぎがあったということだよな。なにしろ八丁堀の与力・同心の子どもたちまで連れての御用旅、何事もなく済まされるわけもないやね」

と喋りながら親子の前にしゃがんだ。首に手拭いを巻き付け、手には渋団扇《しぶうちわ》をもち、ぱたぱたとうっすら汗をかいた顔を煽《あお》いだ。

「府中宿でよ、騒ぎがあったのはこっちの耳にも届いているんだ。どうせそのうち江戸中に府中から騒ぎの噂が伝わってこようじゃないか。そうなったら、おれが、読売になにを書いても売れやしないや。酔いどれ様が江戸に帰ったばかりの今こそ、読売の売りどきなんだがな」

と空蔵が必死に訴えた。

だが、小籐次と駿太郎は顔を上げる気配もなく、砥石に刃物がふれる感触をそれぞれが楽しんでいた。

「おい、読売屋の空蔵の訪《おとな》いですぞ。まさかおれの顔をさ、忘れたなんて言わないよな、酔いどれ様よ」

団扇で煽ぐのを止めた空蔵の話しかけにも親子はなにも答えず、ひたすら研ぎ仕事に没頭していた。

「おいおい、そんなにさ、見て見ぬふりをすることもないじゃないか。長い年月、馴染みの空蔵が再会の挨拶をしているんだよ」

小籐次の手の動きが不意に止まり、紙切り用の大包丁を空蔵の顔の前に上げた。

「わあああ、な、なにをするんだよ。そんな大包丁を振り回すなんて危ないじゃないか」

と尻餅をついた空蔵が団扇でばたばた煽いで大声を上げて抗議した。そんな空蔵に初めて視線をやった小籐次が、

「うーむ、なんだ、読売屋の空蔵どのか。地べたに尻なんぞ落としてどうしなさった」

と問うた。

「どうしなさったじゃねえや。おまえさんが大包丁を振り回すからよ、危なくて尻餅ついたんじゃないか。おれに恨みでもあるのか」

「恨みはないが、仕事の邪魔じゃのう」

「おい、それが久しぶりに顔を合わせた昵懇《じっこん》の古馴染みにいう言葉か」

「うむ、昵懇の古馴染みとはだれのことかな」

「そりゃ、おれのことに決まっていようが」

「おまえさんが昵懇のう、知らなかったな」

小籐次が洗い桶の水で大包丁の刃を洗い、研ぎ具合を指の腹で確かめた。

「そ、それはねえぜ。おれたちはよ、昔から助けたり助けられたりした間柄だよな。高尾山薬王院に長逗留して、なにもねえことはないよな。土産話がひとつやふたつあるんだろ、それを聞かせてほしいと願っているんだよ。ほれ、見てみなよ、芝口橋を往来する江戸の人がよ、おお、酔いどれの旦那と息子が江戸に戻ってきたぜ、って見ていくじゃねえか。あの人たちをよ、楽しませるのが天下一の武人赤目小籐次の務めなんだよ。そんなことくらい、いい歳してんだ、察することはできるだろうが」

小籐次は大包丁の刃から指を離し、砥石に戻しかけたが、

「いい歳とはだれのことだ」

と反問した。

「そりゃ、おまえ様、赤目小籐次だよ」

「そなたにいい歳だなぞ言われなくとも、それがしが十分年寄りということを承知しておる。それをなんじゃ、その言いようは」

と大包丁を手にした小籐次が空蔵をじろりと睨《にら》みつけた。

「わあー、な、なんだよ。たしかにおれの言葉が足りなかったかもしれねえ」

「足りないのではない、言い過ぎておる。よいか、空蔵どの、高尾山には、こちら久慈屋の主どのの御用で同道させて頂いた。駿太郎といっしょに桃井道場の年少組の朋輩たちも同行したがな、なんとも穏やかな旅であった。騒ぎなんぞ起ころうはずもないわ。なんなら八丁堀の見習与力岩代壮吾《いわしろそうご》どのに直《じか》に尋ねてみよ。わしの言葉を裏付けられよう。八丁堀か奉行所に行くのが先じゃな」

と小籐次が言い返した。

「じょ、冗談も休み休みに言いねえな。読売屋と奉行所の若手与力とが相性がいいわけないだろうが。下手をすると十手で殴られかねないぜ」

手にした団扇をぱたぱたと横に振った。

「岩代壮吾どのはそのような乱暴者ではないぞ。話の分かった見習与力どのじゃぞ。そうしなされ、そうしなされ」

と小籐次は言い、ふたたび大包丁に丁寧に研ぎをかけ始めた。

「く、くそっ」

と小声で吐き捨てた空蔵が駿太郎に視線を移した。

駿太郎も一心不乱に研ぎ仕事をなしていて空蔵が話しかける暇がなかった。

尻餅をついたままの空蔵がよろよろと立ち上がり、敷居を跨《また》ぐと店に入り、八

代目の昌右衛門と大番頭の観右衛門が並んで仕事をする帳場格子の前の框《かまち》にすとんと腰を落とし、二人を見た。その空蔵に、

「空蔵さん、大変恐縮でございますがお願いがございます」

と見習番頭の国三が丁重な口調で声をかけた。

「なんだい、手代さん」

と振り向くと箒《ほうき》を手にした国三が、

「空蔵さん、わたくし国三、昨日、旦那様から見習番頭をお許し頂き、見習と二文字はついておりますが番頭の末端に加わらせていただくことになりました。そんなわけで見習番頭の国三でございます」

「そうかいそうかい、手代から見習番頭ね、めでてえやね。で、なんだえ、願いの筋というのはよ」

「空蔵さん、上がり框から立ち上がっていただけますか」

「なんだって、框から立ち上がれだと」

団扇を手に空蔵が国三に言われるままにふらふらと立ち上がった。すると国三が手にしていた箒で、

「土間箒ではございません。この板の間を掃く店箒です」

と言いながら空蔵の尻をさっさっと掃き、

「最前から長いこと、店の前の地べたに尻をついておられました。その尻を叩《はた》きもせず上がり框にお座りゆえ、尻を掃かせていただきます」

と続けた。

「ち、ちくしょう、見習番頭になったとたんにこの空蔵をコケにするのか。大番頭さんよ、どうなってんだ、奉公人の躾がなってないじゃないか」

と言い放った。

「空蔵さん、それは失礼いたしましたな。ですが、おまえさんもいささかひどい言い方ではありませんか」

「どこがよ」

と言いながら少し場所を変えて上がり框に腰を下ろした。

「いいですか、お店《たな》奉公でなにがうれしいかって、見習がつこうとなんだろうと番頭に出世するのがなによりなのですぞ。それをなんですか、『手代から見習番頭ね、めでてえやね』とはひどい言いぐさではございませんか。心が籠《こも》っていませんな」

と観右衛門が言い切った。

「えっ、おれがそんな言い方をしたか。そうか、それはすまなかった、見習番頭の国三さんよ。いやな、聞いていたと思うが、赤目小籐次の旦那に邪険にされてつい我を忘れちまったんだ」

と言い訳をした空蔵が最後の頼みとばかりに昌右衛門を見た。

「旦那も長いこと薬王院に逗留しておられましたな。当然、赤目親子の行動は、見ておられたんでしょうな」

「ご存じのように私と国三は御用が終わりましたので、ひと足先に車力の親方たちといっしょに江戸に戻りました。そんなわけですべてを承知していませんが、赤目様の申されるとおり実に穏やかな旅であり、高尾山逗留でございましたな」

北町奉行所同心木津《きづ》家の三男の留吉《とめきち》の府中での行動も、高尾山薬王院を見舞った一件も決して表にしてよい話ではなかった。そんなわけで昌右衛門もこう言い切った。

「旦那様と手代の、ああ、もとい見習番頭の国三さんが早めに戻ってきたあと、赤目親子と八丁堀の部屋住みどもはなにをしていたのかね」

「赤目様親子と八丁堀の子弟方が高尾山にお残りになったのは、あの山のなかで厳しい修行をなすためです。昨日のお話では、駿太郎さんを始め、皆さん、高尾山の峰々を駆け回って修行をされたそうな。そんな日々になにかが起こると思われますかな、せいぜい野猿の群れが現れるくらいですぞ、空蔵さん」

「ふーん、なにもなしね。赤目小籐次が旅に出て、騒ぎがひとつもないことはこれまでなかったんだがな」

と空蔵が首を傾げ、

「今日は茶も出そうじゃないや、出直すか」

とぼそぼそ独り言を言い残して久慈屋の店から出ていった。その姿が消えたとき、小籐次が後ろを振り向いて、

「昌右衛門どの、大番頭さん、お気遣いいただき、真《まこと》に申し訳ござらぬ」

と詫びた。

「いえ、薬王院の一件はうちの関わりです。北町の部屋住みだった人物がもたらした騒ぎも赤目様とは縁なき話、ともかくどちらも江戸で読売に載せていい騒動ではございません、赤目様が詫びられる話ではございませんよ」

と昌右衛門が言った。

奉公人たちの耳にも昌右衛門の話は届いていたが、旅に同行した国三しか理解がつかないことだった。

「強いて表に出すとすれば、赤目様が高尾山の琵琶滝《びわたき》の研ぎ場で研がれた懐剣菖蒲正宗《しょうぶまさむね》の話でしょうかな」

と観右衛門が言った。

「いえ、あちらも表に出せる話ではなさそうに思います」

と応じた小籐次が、

「あちらのお方に気に入っていただける研ぎであればいいが」

と独り言を口にして研ぎ仕事に戻った。その独白は昌右衛門にも観右衛門にも聞こえなかった。ただ空蔵が最前座っていた上がり框に渋団扇がぽつんと残っていた。

小籐次と駿太郎に別れたおりょうは、浅草寺にお参りしたあと、浅草田圃《たんぼ》に出てみた。懐には画帳と矢立てがあった。

久慈屋の隠居五十六《いそろく》の春立庵《はるたちあん》の床の間にと白梅紅梅を描いて五七五「春立つや翁おうなの　余生かな」を添え、掛け軸仕立てにして贈ったところ大変に喜ばれ、すべての季節の掛け軸を求められた。

そんななりゆきで四季の絵を描くことになったのだ。

そもそも隠居祝いに掛け軸を描こうと思った発端には、丹波篠山《たんばささやま》で見た『鼠《ねずみの》草紙《そうし》』の絵巻ものを江戸に戻って思い出しながら描きあげたことがあった。

父からの手習いで幼いころから三十一文字の表現を追求してきたおりょうだが、色彩あふれ、物語のある『鼠草紙』の絵巻ものは、和歌とは違った創りごとを教えてくれた。

秋の掛け軸には柘榴《ざくろ》の実を描こうかと、何枚か素描をした。だが、なんとなく色彩をつけきれないでいて、ふと思い立ち、お梅を伴い、浅草田圃を訪れてみたのだ。

夏の光の下に青々とした田圃が細長く広がっていた。

「おりょう様、あの高塀の向こうが吉原でございますよね」

とお梅がおりょうに問うた。

「おそらくあれが御免色里とか北里《ほくり》とか呼ばれる花街の吉原でしょう」

と応じてみた。そして、浅草田圃の向こうをせき止めたような高塀に遊女たちの暮らしを想ったおりょうは、自分が求めていた景色とは違うな、と考えた。

「お梅、望外川荘に戻りましょうか」

「はい」

と女主の気変わりを静かにお梅は受けて、

「山谷堀に出てようございますか。今戸橋に出れば、竹屋ノ渡し場がございます」

「ならばそぞろ歩いて参りましょうか」

とお梅に案内されるように浅草寺寺中の子院の間を抜けて山谷堀に出ると、船宿が並んでいた。

今戸橋まで二人が辿りついたとき、川面から声がかかった。

「お梅、どうした、道に迷ったか」

お梅がきょろきょろして山谷堀に眼差しを向けると、がっしりとした体付きの若者が猪牙《ちょき》舟の櫓《ろ》を握って河岸道を見上げ、おりょうに向かい、ぺこりと頭を下げた。

船宿の船頭だろう。

「あら、兵吉従兄《へいきちあに》さんだ。これからおりょう様と渡し船で望外川荘に戻るところよ」

「おお、そうか。どうだ、猪牙に乗っていかないか。お梅の奉公先から舟賃なんぞはとらないからよ」

と若者がお梅に言い、

「お梅、そなたに兄御がおられましたか」

と二人の問答を聞いていたおりょうが問うた。

「おりょう様、実の兄さんではなくて従兄《いとこ》なんです。兄のいないわたしは、幼いころから兵吉従兄《あに》さんと呼んできました。川向こうの横川の船宿いなき屋の船頭なんです」

「おりょう様、初めてお目にかかります、お梅の従兄の兵吉です。渡しもいいがこの暑さです。どうです、猪牙で望外川荘まで送りますぜ」

と兵吉が言い、おりょうが頷いた。

田圃が広がる光景を見るためにおりょうが浅草田圃を訪ねたと聞いた兵吉は、

「浅草田圃にね、そりゃ無理だ。あそこはさ、浅草寺裏の奥山に接していて、それに吉原もあらあ。おりょう様やお梅には無縁の土地だよ。おりょう様よ、広々とした田圃を見たいなら、望外川荘のある浅草川の向こう岸だよ。それにしてもこの時節の青田なんぞ見てどうするんです」

隅田川を船頭の兵吉は浅草川と呼んだ。

「浅草寺でお参りしている折にふと青田を渡る風が見てみたいと思いました。さぞ素晴らしい景色でしょうからね」

おりょうの返事を聞いた兵吉が、

「お梅、おまえのご主人様は妙な人だな、青田を渡る風が見たいだと。そんなもん見ても一文にもならないがな」

と言った。

船頭稼業のせいか従妹のお梅といるせいか、兵吉の口調はなんの掛値《かけね》もなくまっ正直だった。

「兵吉従兄さん、おりょう様は歌人なのよ。従兄さんのように何事もお金に置き換える人ではないの」

お梅の返答にふーんと鼻で応じた兵吉が、

「おりょう様、おれが今から広々とした青田を見せるといったら行きますかえ。須崎《すざき》村からそう遠くはございませんよ」

兵吉の言葉をしばし吟味したおりょうが、

「お連れ下さい。これから私どもは兵吉さんの客ですよ」

と、猪牙舟には客として乗ると告げた。

二

隅田川の白髭《しらひげ》ノ渡し近くから猪牙舟を鷭《ばん》堀に入れ、堀をはさんで西側には須崎村も近い秋葉稲荷があり、東側には寺島村が続く辺りの土手下に猪牙舟を止めた兵吉は、

「お梅、おりょう様を土手上まで案内しねえ」

と命じた。

お梅に手を引かれて寺島村の青田を見渡す土手に立ったおりょうは、言葉を失った。これこそおりょうが浅草寺でふと思い描いた景色だった。

どこまでも無限に続くと思える青田の一角に、姉さんかぶりで菅笠をつけた娘が稲の育ち具合を確かめるかのように佇んでいる。

いつしか兵吉も二人の傍らにきておりょうの表情を見ていた。

「お梅さん、半刻（一時間）、いえ一刻（二時間）ほど兵吉さんといっしょに舟で待っていてくれますか。帰りに美味《おい》しいものをご馳走しますからね」

独りになったおりょうは夢中で何枚も何枚も青田を素描した。

不意に風が吹いてきた。

広々とした青田がまるで内海の波のようにゆったりとうねっていた。

(これですよ、五十六様、お楽《らく》様、秋の景色はこの青田が実った黄金色の稲穂ですよ)

と心の中で言いながらいつまでも青田波に見入り手を動かし続けていた。

時おり舟から従兄妹の笑い声が聞こえてきた。

望外川荘からさほど遠くない場所にこんな景色があることを、おりょうは今まで知らなかった。

(こんどわが君と駿太郎を連れてこよう)

と思いながら画帳をすべて描きつくしていた。

改めて青田波を見てみると西に傾いた陽射しを浴びて黄金色に輝いていた。まるで刈り入れ前の稲の波だ。

(あら、大変、この景色は頭に刻んでいかなきゃあ)

と思いながら猪牙舟に戻っていった。

おりょうが素描の手を止めた刻限より一刻ほど前、久慈屋の研ぎ場に見習与力の岩代壮吾が訪れていた。

「赤目様、こたびはよい経験をさせてもらいました」

と礼を述べる壮吾の顔には昨日、江戸に戻った折にはなかった憂いの表情があった。

「岩代どの、なんぞそれがしに用事かのう」

「赤目様、望外川荘に戻られる折に桃井道場に立ち寄ってもらうことはできましょうか。木《き》津《づ》勇太郎《ゆうたろう》が赤目様にお詫びを申したいというております」

「わしは木津どのに詫びを言われるいわれはないがのう。それに木津家の当主に就かれた勇太郎どのは桃井道場の門弟ではなかったな」

「はい、勇太郎は北辰一刀流の千葉道場の門弟です」

「その者がアサリ河岸でわしを待っておるというのか」

「勇太郎はただ今では千葉道場の門弟ですが、幼い折には桃井道場で剣術の手ほどきを受けたのです。桃井先生とは知らない間柄ではございません」

「さようか、何刻ごろがよいな」

「いつなりとも」

と岩代壮吾の返答を聞いた小籐次が駿太郎を見た。

「父上、このまま岩代様といっしょに桃井道場に参られませんか。私はこちらの仕事の区切りをつけて七つ半（午後五時）の頃合いに桃井道場に小舟で立ち寄り、父上の御用が終わっているようならば須崎村にいっしょに戻りましょう」

駿太郎もまた、なんとなく木津勇太郎が詫びを述べるためだけに父親と会うのではないような気がしていた。詫びならばこの久慈屋でもよいはずだ。久慈屋では話ができない理由がなんぞあるのではないか、ならば少しでも早いほうがよいのではないかと思ったのだ。

「岩代どの、そなたに同道してもよいか」

「むろんです。桃井道場で勇太郎はすでに待っております」

と岩代壮吾が答えた。

二人は三十間堀沿いに肩を並べて歩き出した。

「岩代どの、なんぞ懸念《けねん》があるのかな。あるならば前もって話しておかぬか」

「はい」

と答えた壮吾が一瞬間を置いた。

「赤目様は、木津勇太郎が何者かご存じですよね」

「切腹させられた木津与三吉《よさきち》どのの嫡子であったかのう、留吉の兄でもあったな」

「はい。府中の一件を赤目様とそれがしが書状に認《したた》め、それがしは父に騒ぎの全容をすべて知らせました。父はそれがしの文を読んで北町奉行榊原《さかきばら》様と相談し、同心の木津与三吉に切腹を命じ、その始末のあと、勇太郎に父親の同心の職を継がせました。父の話によりますと、赤目様も府中より老中青山忠裕《あおやまただやす》様に書状を認められたそうな」

と小籐次に問うた。

小籐次が書状を送った相手は老中青山ではなく密偵中田新八とおしんであった。二人が小籐次の文の内容を判断し、主《あるじ》の老中に知らせるべきと考えたことは容易に想定された。

「府中の騒ぎのあった翌日に、北町奉行榊原様は老中青山様と城中の御用部屋にて話をなされたそうな。その結果、任期の途中で北町奉行所同心木津家の代替わりが早急に決まったとのことでございます。町奉行所一同心の跡継ぎ如き一件を老中が町奉行と話し合うなど前代未聞、異例中の異例と、父はいうておりました」

壮吾は、並んで歩く小籐次を横目で見た。その眼差しはその判断でよいか、と言っていた。

「岩代どの、この研ぎ屋爺が北町奉行所の人事に嘴《くちばし》を入れることはない。また府中宿で起こった騒ぎはあの夜の出来事ですべて終わっておる。そなたの話を聞けば、北町奉行の榊原様も承知された同心の代替わり、老中青山様まで関わっているように聞こえるが、さようなことはあるまい。そうではないか、そなたの父御が申されるように天下の老中が北町奉行所の一同心の切腹や代替わりに関わるはずもなかろう」

「城中の重臣方の内談など、われら町方役人風情に決して聞こえてはきませぬ」

と返事をした岩代壮吾が、

「赤目様、木津勇太郎がなんとしても赤目様に詫びを申し述べたいと言い出した背景には、弟の留吉の行状にもかかわらずそのほうが跡継ぎになったのは格別な理由があってのことと吹き込んだ者がおるか、已がさよう結論づけたかに思えます」

留吉の死は、岩代壮吾の果敢な決断の産物だった。だが、この死が壮吾によって齎《もたら》されたものであることを知るのは、数人の限られた人物のみだった。

中田新八とおしんでさえ留吉の死は小籐次の仕業と考えている節があった。また小籐次も府中からの書状にはそう匂わせていた。

「ほう、われら、昨日高尾山から帰ったばかり、あの騒ぎを承知の者たちは未だ牢のなかではないか。あの夜の騒ぎを直に知る者は、そなた、駿太郎、国三、そして、わしの四人に尽きる。だれがどのようなことを木津勇太郎に吹き込んだというか」

「さて、そこが」

「岩代どの、念押しするが、そなたが留吉を斬ったことは最前の四人の他にはだれが知るや」

「わが父にはそれがしの行いを府中からの書状に正直に記しましてございます。さりながら父は奉行にもその一件を告げてはおりませぬ」

「となると、五人か」

「赤目様は、老中青山様にそれがしが留吉の口を封じたと認められましたか」

「岩代壮吾、さようなことには一切触れておらぬ。わしは北町奉行所の一同心の身内の醜聞が榊原どのの身辺に及ぶことを懸念したゆえ、およその経緯が老中の耳に入るよう文を送った。ただし、この文もまた公のものではない。かような騒ぎが生じたと知らせたまでだ」

と小籐次が言い切った。

岩代壮吾は小籐次の言葉を吟味するように黙したまま歩を進めていた。アサリ河岸の桃井道場はすぐ一丁先にあった。

「勇太郎は、なにを考えておるや」

「生真面目な男にございます。己の手で父の首を落とした行いのおかげで家の存続を許されたと、気に病んでおることは確か」

小籐次は壮吾の懸念が今一つはっきりとしないと思った。

「まずはわしが勇太郎に会う。その後のことは勇太郎の考え次第ということでよいかな」

「は、はい」

と壮吾が己を得心させるように答えた。

道場の見所《けんじょ》で桃井春蔵が脇息《きょうそく》に身を預け、すでに覚悟を決めた体《てい》の木津勇太郎もいて、正座していた。

春蔵はおそらくあれこれと勇太郎に話しかけ、頑《かたく》なな感情を解きほぐそうとしたのであろう。だが、もはやどのような言葉をかけようと勇太郎の思い込みは変えられないと諦めたようだった。二人の間に長いこと問答がなかったことをその沈黙が示していた。

「おお、赤目どのか」

桃井春蔵がほっと安堵の表情に変わって言った。

ちらりと小籐次と岩代壮吾を見た勇太郎が座り直して、小籐次に向かって額が床につくほどに平伏した。

しばしその様子を見ていた小籐次が、

「桃井先生、岩代どの、ここはこの赤目小籐次にお任せ願えぬか。木津勇太郎どのと二人だけで話し合うてみたい」

と願った。

壮吾が桃井春蔵の顔を見て、二人は無言で、小籐次の申し出を受け入れる首肯《しゅこう》をなした。

師弟が姿を消し、がらんとした道場に平伏したままの木津勇太郎と小籐次が残された。

小籐次は手にしていた刀をこれまで桃井が座していた見所に置き、無腰になった姿で平伏したままの勇太郎の前に胡坐《あぐら》をかいた。

勇太郎はその小籐次の動きを承知していながら、平伏の構えを崩そうとしなかった。

「木津勇太郎」

「はっ」

と応じた勇太郎が、

「こたびは愚弟が赤目様方に迷惑の数々をなしたとのこと、赤目様が寛容にも弟の最期を遇してくださったと聞き及び、兄であるそれがし、まずはお詫びを申し上げたく岩代壮吾様にお願い申しました」

「わしへの詫びな、それだけか」

「はい、弟の愚行に最後の最後まで心遣いいただいたことにお礼を申し上げたく、桃井先生の道場をお借り致しました」

「ほう、そなた、留吉が身罷《みまか》ったと承知しておるようだな」

「承知しております」

「たれぞから埒《らち》もない言辞を聞かされたか。で、そなた、この赤目小籐次に詫びか、礼かをなしたあと、なにをなす気か」

「岩代壮吾様をはじめ、年番方与力の父御佐之助様の寛容なるお気持ちでそれがし、父の跡を継いで北町奉行所同心を許されました。ですが、亡父の所業、また数多《あまた》の弟の愚行を承知したいま、もはや皆様のご厚意に甘えて同心を続けていくことが許されることかどうか迷いを感じております」

「就いたばかりの北町同心を辞するというか」

「はい」

　小籐次はしばし沈黙して勇太郎の微動だにせぬ背中を見ていた。

「そのほうの父も愚か者であった。また弟の留吉も年端もいかぬことを差し引いてもばか者であった。その父の頸《くび》を刎《は》ねたは、嫡子のそなたと聞いた。父と弟の死のうえに、家の存続が許されたと考えたか」

「は、はい」

「お奉行や年番方与力岩代佐之助様の寛容なる心遣いのおかげで三河以来の木津家が存続したと考えたか」

　と念を押した。

「違いますので」

　額を未だ床につけたままの勇太郎を見ながら小籐次は沈黙した。

　長い沈黙が桃井道場を支配した。

小籐次が一瞬瞑目《めいもく》したあと、

かあっ

と両眼を見開き、

「たわけ者めが」

と大喝した。その声が道場に響きわたり、ますます床にへばりつくように勇太郎は五体を縮めた。

「そのほう一人《いちにん》の考えで北町奉行所同心を辞し、八丁堀の役宅を出ると決めたか」

「父の愚行と弟の悪行を償うにはそれしか考えつきませぬ」

「そのほう、留吉の悪行を承知か」

「いえ、詳しいことは存じませぬ」

「そのほうのただ今の身内は何人ぞ」

「父と三男の弟亡きあと、口を開くと愚痴しかこぼさぬ母、未だ一家になにが起こったか分からぬ妹二人の三人でございます」

「そなたを入れて身内四人、八丁堀を退転して行く先を決めたか」

「いえ、未だ」

その答えを聞いた小籐次が、

ふうっ

と大きなため息を吐いた。

「木津勇太郎、顔を上げよ。この爺に、赤目小籐次に面を見せよ」

「お許しを頂けますので」

「わしがどのような立場でそのほうの愚かな決断を許すといえるな、わしは一介の研ぎ屋爺じゃぞ。顔を見せよ。話はそれからじゃ」

小籐次の言葉に勇太郎がおずおずと顔を上げた。強ばった頬に涙のあとがあった。

小籐次は瞑目し、

「勇太郎、わしがこれから述べる説明は府中宿で起こった真《まこと》のことよ。それとも聞かぬほうがよいか」

「赤目様、どのようなことでも真のことが知りとうございます」

「よし、話す。途中で口をさしはさむでない」

と釘を刺した小籐次は、久慈屋の高尾山薬王院への紙納入にからんで、留吉がとった行動を中心に克明に話した。

「勇太郎、留吉はなぜか久慈屋の荷に七百両の金子《きんす》が隠されていたことを承知していた。江戸を出る折、このわしさえ知らされていないことであった。留吉にそのことを酔って話したのは父親の与三吉と思える」

このことを北町奉行榊原と与力岩代佐之助の前に呼ばれた木津与三吉と勇太郎はあの場で聞かされていた。

小籐次の顔を見た。だが、口は挟まなかった。

「与三吉が七百両のことを承知したのは出入りの飛脚屋飛一《とびいち》からであったと思える。薬王院と久慈屋の間で頻繁に交わされる書状に認められていた七百両の一件をそなたの父親は飛一から聞いていて、留吉にもらしたとわしは睨んでおる」

勇太郎はこの一件も承知していた。ゆえに黙っていた。そして、なぜ小籐次がこのことを持ち出したのか思案していた。

「留吉は、八丁堀の屋敷を出されたあと、一時真綿問屋に奉公に出たが金をくすねて店を辞めたな。そんな折、野州無宿の押込み強盗の一味と知り合い、頭分の由良玄蕃《ゆらげんば》なる者に留吉は七百両の件を告げ、高尾山の道中、府中宿で強奪することを企てた」

勇太郎はひたすら沈黙していた。

「納入する紙束が載せられた大八車には不寝番として久慈屋の手代の国三、この旅に自ら望んで加わった岩代壮吾、そして、わが倅の駿太郎がついておった。留吉は、昔の桃井道場仲間の岩代祥次郎《しょうじろう》に道中会って愚かにも久慈屋の荷について問い合わせておったから、わしらはこの府中宿での押込み強盗を推測しておった。江戸から高尾山薬王院までの間にわれら一行が泊まるのは府中宿だけじゃからな」

「赤目様、やはり弟は一味に」

「いかにも留吉も一味に加わっておった」

「嗚呼《ああ》――」

と勇太郎が絶望の悲鳴を上げた。

「留吉が押込み強盗に加わっていることをその眼で確かめた岩代壮吾どのは、木津家のことを案じた、なかんずくそなたの身を懸念したのだ。また北町奉行所を揺るがす醜聞になることを危惧した。そして、北町奉行所の、いわば身内の恥を世間に知らせぬためには即刻留吉の口を封じねばならぬと悟った」

「な、なんと」

「よいか、心して聞け、勇太郎。岩代どのは木津家が北町奉行所同心として生きる道は、留吉の口を封じるほかはない、と考えたのだ。久慈屋の七百両の金子を強奪しようという仲間に木津家の三男が加わっていたなどあってはならぬと思ったのだ。即座に覚悟を決めた岩代壮吾の対応は迅速を極めた。留吉を一撃で斃《たお》すと頭分の由良玄蕃も一気に斬り捨てた」

「なんとしたことか」

　勇太郎は言葉を失っていた。

　小籐次はさらに告げた。

「真剣勝負の修羅場を潜《くぐ》ったこともない岩代壮吾の斬撃は、非情にして果敢だった。なにゆえかもう言わんでもわかろう。勇太郎、父の頸を倅のそなた自ら申し出て斬った一件は、江戸に戻ってからわしは知った」

　この件は子次郎《こじろう》なる盗人《ぬすっと》がそれとなく小籐次に高尾山琵琶滝で伝えていたが、その折は確証があったわけではなかった。

「岩代壮吾どのは、そなたが北町同心として、江戸町人のため、公儀のためにこれまで以上に御用を務めるはずだと信じておったからだ。他の一味は、駿太郎が叩きのめした。わしはその現場を見ていただけだ」

「なんと、赤目様が成敗したのではのうて、岩代壮吾様が弟を、留吉を斬り捨て

た と申されますか」

「おお、斬った」

「赤目小籐次様かと思うておりました」

と勇太郎が茫然と呟いた。

「わしではない。岩代壮吾であった。よいか、勇太郎、岩代壮吾にとって、そなたの実弟を斬ることがいかに残酷なことか察しがつこうな。いくら北町奉行所の見習与力とはいえ、木津家は長年付き合ってきた下士であろう。留吉のことも幼い折から承知であった。いくら木津家を守りたい、北町奉行所に汚名が降りかからぬようにしたいというても、初めて斬った相手が木津留吉じゃぞ。

一方、そなた、木津勇太郎は父の頸を刎ねたな、なんのために刎ねたかわしは察することができる」

「………」

「岩代壮吾は、ただ今のそなたと同じように悩み苦しんでおる。おそらく死の時まで自ら留吉を斬ったことは忘れられまい」

「ぞ、存じませんでした」

「さような想いをして岩代壮吾が守り抜いた木津家を、奉職したばかりの北町同心の地位をそなたは放り投げるじゃと、さような勝手な振る舞いができると思うてか」

小篠次の峻烈な言葉に打ちのめされた木津勇太郎は、ぶるぶると身を震わしていた。

「父親与三吉と弟留吉の二人の愚行をそのほうが御用を務めることで、償わねばならぬ。何十年の歳月がかかることぞ」

小篠次の言葉にがくがくと勇太郎が頷いた。

「なにかことが起こったとき、岩代壮吾の覚悟を想い起こせ、そのほうが父の頸を斬った手の感触を思い起こせ。それほど壮吾はそなたが腹心として御用を務めてくれることを期待しているのだ、勇太郎」

「は、はい」

勇太郎が膝に置いた拳を握りしめながら、

「岩代壮吾様の温情、木津勇太郎、決して忘却いたしませぬ」

と言い切った。

三

小籐次は駿太郎の漕ぐ舟で望外川荘のある須崎村へと向かっていた。

桃井道場に駿太郎が迎えに着いた折、小籐次はすでにアサリ河岸の船着き場に独りいた。

勇太郎と話したあと、岩代壮吾を呼んで、

「二人だけで得心のいくまで話せ。その後はすべて忘れよ」

と言い残すとアサリ河岸の船着き場に下りて駿太郎を待っていたのだ。

「御用は終わりましたか」

「終わった」

と応じた小籐次が小舟に乗り込んできた。そして、胴の間に座り、艫《とも》にいる駿太郎に背を向けた。以降、父は倅《せがれ》に桃井道場でどのような話があったのか、告げようとはしなかった。また駿太郎も尋ねようとはしなかった。

父が木津勇太郎に会ったことだけは分かっていた。だが、それは詫びなどという綺麗ごとではないことは確かだった。

日本橋川を下り、大川に出たとき、小籐次が、

「これまでどおり桃井道場の朝稽古に参るな」

「はい。なんぞ差し障りがございましょうか」

「ない、なんぞあろうはずもない。これまでどおり繁次郎らと稽古をなせ」

しばし考えた駿太郎が、

「旅の話を聞かれたら答えてようございますか」

「それが礼儀であろう。ただし道中で留吉とわれらが会うたことはない」

「はい」

駿太郎を含めた年少組の六人に岩代壮吾から改めて注意がいこうと思った。それは道中で年少組のだれもが留吉に会ったことなどない、とすることだ。

「年少組の六人にとってよき旅であったなればよいがのう」

「祥次郎さんたちは江戸を離れたのは初めてのことなのです。貴重な体験であったに違いありません」

「そうじゃのう。行く前にあれこれと考えるのも旅の始まり、終わったあと、思い出すのもまた旅のうちじゃ」

「駿太郎もそう思います。私は年少組の一員として桃井道場で稽古をし、研ぎ仕

事をする日々がこれからも続きます」

「いかにもさようじゃ」

小籐次の口調はおだやかだった。

須崎村の望外川荘の船着き場に小舟を寄せる前から、クロスケとシロの二匹が池の岸辺を走りまわりながら、うれし気に吠えたてた。二匹の飼い犬にとってもいつもの暮らしが戻ってきたのだ。小舟のなかに二匹が飛び込んできて、小籐次にまとわりつこうとして、

「これ、そう騒ぎ立てるではない」

と注意を受けた。すると二匹は駿太郎にじゃれかかった。駿太郎が二匹の頭をなでて、

「船着き場に戻れ」

と命ずるとクロスケもシロも小舟から船着き場に素直に飛びあがり、

「お座り」

の命にも従った。

林のなかの小道から人影があらわれた。中田新八だった。

「おお、見えておられたか、新八どの」

「お帰りなされ、赤目様、駿太郎どの」

「そなたひとりということはあるまい」

「おしんさんも一緒で勝手に泊りがけのつもりで寄せてもらいました」

「それはよい」

「おりょう様とお梅さんも同じ半刻前に猪牙舟で戻ってこられました」

「なに、朝から最前まで出ておったか」

「なんでも寺島村の青田の景色を描いておられたとか、気付いたら夕暮れになっていたとおりょう様が申されておりました」

「なに、青田の景色じゃと」

夏の掛け軸はすでに渡したと聞いていた小籐次は、青田をなんのために見に行ったかと考えた。だが、歌人のおりょうの行動を理解できるわけがないと小籐次は思った。

「父上、きっと春立庵の秋の掛け軸の絵ですよ」

駿太郎が新八の言葉に応じた。

「ただ今、おりょう様、お梅さんの二人におしんさんも手伝って夕餉《ゆうげ》の仕度に大わらわです」

「それはそれは」

と応じた小籐次が最後に小舟から船着き場に上がった。明日も久慈屋に研ぎ場を設《しつら》えるつもりだ。研ぎの道具は久慈屋に残してきてある。

三人と二匹の犬たちが雑木林をぬけ、望外川荘の庭に出ると、おりょうが縁側に置かれた蚊やりに火をつけていた。

「おまえ様、寺島村の青田の素晴らしいこと、これまでこの近くにあのように広々とした田圃が広がっているとは、気付きませんでした」

「これまで訪ねたことはなかったかのう。訪ねても青田の季節ではなかったのかもしれぬな。それにしてもおりょうとお梅の二人でよう思いついたものよ」

おりょうは浅草田圃から寺島村の青田に辿りついた経緯を告げた。

「なに、お梅にさような従兄がおったか。なによりの案内人に出会ったな」

「兵吉さんはなかなかの好男子でございまして、これから付き合いが増えそうな若者です」

と応じたおりょうが、

「中田様に湯をすすめたのですが、主が帰ってこないのに押し掛け客がいちばん風呂に入るわけにはいかないと言って、おまえ様方の帰りを待っておられたのです。三人してその足で風呂場に参りなされ」

おりょうに勧められて三人は母屋をぐるりと回り、別棟の湯殿に向かった。二匹の犬も従ってきた。

望外川荘の湯殿は大人の男が三人一緒に入ることができるほど広かった。この別棟に、釜場を管理しながら百助《ももすけ》老が住んでいた。

汗をかいた単衣を脱ぎ、桶で湯をかぶってから大きな湯船につかり、

「おお、極楽じゃな」

「気持ちいいですね」

と親子で言い合った。

「旅から帰ってきた早々久慈屋で仕事でございますか」

と中田新八が尋ねた。

「いや、朝いちばんで浅草寺前の床屋に参り、おりょうとお梅と別れたあと、アサリ河岸の桃井道場に回って旅の無事を報告したで、久慈屋に着いたのは昼の刻限であった。そのあと、北町奉行所の見習与力の岩代壮吾どのに呼び出された。そのためにわしはわずかな刻限しか研ぎ仕事をしておらぬ。まあ、明日からが本式の

仕事再開じゃな」

「岩代どのはなんぞ御用でしたか」

と新八が小籐次に尋ねた。

「うむ、木津勇太郎がわしに詫びを述べたいというのでな、桃井道場でわしと木津勇太郎の二人だけで話をしたのよ。すると実は、同心を辞めたいという話であった」

その言葉で中田新八は理解がついたようで、

「律儀な気性の同心のようでございますな」

「律儀な、物事を杓子定規にみる癖があるようでな、岩代壮吾どのが困惑してわしを桃井道場に呼出したのであろう。まあ、なんとか説《と》き聞かせはしたが」

と小籐次の言葉には含みが残っていた。

「それはようございました。こたびの高尾山行は、八丁堀に薬王院までからんでのこと、どちらも表沙汰にするのは憚《はばか》られる騒ぎでしょう。読売なんぞに書かれると厄介になります。赤目様を始め、ご一統様の気遣いが無駄になりますからな」

「ということだ」

どうやら中田新八とおしんの望外川荘訪問もその後始末の報告かと小籐次は推察した。

「中田様に浴衣《ゆかた》を始め、着換えを用意してございます。本日はいつもより夕餉の仕度が遅くなりまして、おしんさんに手伝ってもらっています。そのうえ、お持たせものの魚とお酒でなんとか仕度が整いました」

とおりょうの声がした。

「なに、老中からの頂戴ものか」

「いえ、それが違いますので。北町奉行榊原様の使いが赤目様にと屋敷に届けられたものを、われらはお持ちしただけです」

「なんとのう。北町奉行榊原様から頂戴するいわれはないがのう」

「いえ、ございますぞ。木津家の所業が世間に知れたとき、木津家のお取潰しではおわらず、北町奉行は、たった一人の同心の身内も差配できぬ奉行かとの悪しき評判が城中に立ちましょう。赤目様は、そのことが世間に流れぬように始末をなされた」

「わしではない」

「と申されますと」

と中田新八が怪訝《けげん》な顔をした。

「わしは、見習与力の岩代壮吾どのの非情にして温情の決断を見ておったただけだ。北町の見習与力どのは木津家の身内の恥を隠すために刃を振った」

中田新八は長いこと沈黙していたが、

「見習与力どのの行動を赤目様が見ておられたのですか」

と質《ただ》した。

「いかにもわしは、若い者たちの行いを見ていただけだ」

と言った小籐次は湯船から上がった。

「赤目様、背中を流させてくだされ」

「爺の背など老中の家臣に流させられるものか」

「いえ、それがしの勝手な願いです」

洗い場で小籐次を座らせた新八が背に回り、骨ばった背を丁寧に糠袋《ぬかぶくろ》でこすり始めた。

「本日もまた世間知らずの木津勇太郎どのの考えを赤目様がどうやら翻意させたようですな。もし、勇太郎どのが同心を辞したとしたら、赤目様を始め、数多の人々の厚意が無になりましょう。榊原奉行は、そのことを推量のうえ、われらに願われたのです」

しばし背中を中田新八にゆだねていた小籐次は、高尾山への道中が時のかなたに去ったようだ。

「なんとも気持ちよいことであった。高尾山への道中が時のかなたに去ったようだ」

と漏らした。すると駿太郎が、

「中田様、こんどは私に中田様の背を流させてください」

と糠袋を摑むと新八の背に回った。

「ご主人様、男衆《おとこし》三人で長湯とは、何ごとでしょうとおりょう様が待ちくたびれておられます」

とお梅の声がした。

「母を寺島村の青田に案内してくれたそうですね。お梅さん、ありがとう」

「駿太郎さん、寺島村に誘ったのはわたしの従兄の兵吉です」

とお梅が応じた。

「母上から聞きました。お梅さんに兵吉さんという従兄がいるなんて知りませんでした」

「わたし、物心ついたときから従兄《あに》さんと呼んできました。山谷堀の今戸橋で声をかけられたとき、何年も会ってない従兄にびっくりしました。若いころはやんちゃで喧嘩ばかりしていた従兄が、一人前の船頭になっているので驚きました。おりょう様が青田の絵を描いておられるとき、あれこれと積もる話をして楽しかったです。こんど、駿太郎さん、従兄と会ってください」

「お梅さんの従兄さんにはぜひお会いしたいです」

と駿太郎が中田新八の背中をこすり終わり、

「お梅さん、直ぐにあちらに参ります」

と答えていた。

北町奉行の榊原から贈られた角樽《つのだる》と、立派なキンメや真イカを焼き物にしたり造りにしたりした主菜、白和えなどで小籐次、おりょう、新八、おしんの四人が酒を酌み交わすのを横目に、駿太郎とお梅は先に食事をした。

「おりょう、青田を寺島村に見に参り、五十六どの、お楽様の隠居所の床の間を飾る秋の掛け軸はできそうか」

と小籐次が改めておりょうに尋ねた。

「秋の掛け軸、思案にくれておりましたがあの広々とした青田を見た瞬間、なんとも爽やかな気持ちにさせられました。青田を渡る風を青田風と呼ぶそうですが、四月後《よつき》には稲穂に変わりましょう。そんな光景を寺島村の青田がこのりょうに想像させてくれました」

「われらと別れたあと、浅草田圃を訪ねたそうじゃな。寺島村の田圃とは比べものになるまい。なにしろ傍らには奥山があり、田圃越しに吉原の遊郭がある。いささか俗世間に接した田圃ゆえな」

「浅草寺様にお参りしていた折にふと、その界隈《かいわい》に浅草田圃があることを想い出して訪ねたのです。時節と刻限が違えば浅草田圃もよきところかとは思いますが、隠居所の床の間にはいささか釣り合わないでしょう」

とおりょうが言った。

「おりょう様、久慈屋の隠居所は愛宕《あたご》権現社の山の西側に面した地にあると聞きましたが、五十六様はよいところに隠居所を設けられましたな」

と中田新八が問うた。

「私は機会がのうて未だ訪ねておりませぬ、この稲穂の秋の掛け軸が出来上がった折に訪ねとうございます」

おりょうの言葉に小籐次が頷き、

「愛宕山が衝立《ついたて》のように隠居所の庭の向こうに立ち塞がっておるで、眺めが悪く窮屈ではないかと訪ねる前は考えておった。だがどうしてどうして愛宕山を借景になしてなかなかの風情じゃぞ。秋景色を描き終えた折には、ぜひに訪ねてみよ」

「そう致します」

酒を酌み交わしながら雑談に終始した。

夕餉を終えると駿太郎は庭にクロスケとシロの二匹を連れ出して寝る前のひと騒ぎに付き合い、お梅は酒を飲んでいた四人に茶を供すると後片付けを始めた。

「おしんさん、本日、桃井道場で木津勇太郎と二人だけで話をなした。うん、見習与力の岩代壮吾どのに願われてのことじゃ」

とその模様を語った。

「そうでしたか、すべて木津家の難儀は片付いたと思うておりましたが、跡継ぎどのはいささか堅物でしたか」

「まあ、なんとかこの爺が言い聞かせたで、勇太郎は北町奉行の一同心として岩代どののもとで修行をいたすことになろうと思う。何年か後に酸いも甘いも知った同心になっておることを願いたいものよ」

と小籐次の言葉でこの一件は終わった。

「高尾山の一件ですが薬王院有喜寺《ゆうきじ》の貫首より、わが殿のもとに丁重なる書状が届いたそうにございます。それによると、久慈屋の品納めに赤目小籐次様が同道していなければ、空恐ろしいことになっていたと縷々《るる》認めてあったそうな」

と新八が言った。

「年寄り爺がいたからといって、なにかの役に立ったとは思わぬが薬王院有喜寺が収まるところに収まったのであれば、それに越したことはないわ」

「貫首の文に赤目様が高尾山に残られたのは、なんでも懐剣の研ぎをなすためであったと付記されていたと、殿からお聞きしました。研ぎ仕事を携えて高尾山に参られましたか」

とおしんが尋ねた。

「うむ、その話しておらなかったか」

「いえ、このところ、赤目様とおりょう様は公方《くぼう》様のお招きを受けられて吹上御庭の花見に参られたり、さらには久慈屋の高尾山の旅に行ったりと身辺多忙を極めておられました。わたしども懐剣の研ぎのことは全く存じませんでした」

おしんが興味津々な顔で質した。

「そうか、そうであったか。いや、高尾山に旅する直前であったな、久慈屋の研ぎ場に若い町人が訪ねて参ってな、いきなり錦の古裂《こぎれ》の袋に入った懐剣の研ぎを願われたのじゃ、その懐剣、由緒ある菖蒲正宗とかでな」

「菖蒲正宗、でございますか。もしそれがほんものとなれば五百年も前の鍛造ですな」

と中田新八が驚きの声を漏らした。

「素人の研ぎ屋爺が気軽に引き受けてよい安物ではない。然《しか》るべき研ぎ師に願われよ、と言うたが相手がどうしてもわしにと申すので引き受けざるをえなかった。そこでな、久慈屋の御用旅に従うことが決まったとき、高尾山の琵琶滝の研ぎ場を思い出して持参した。ために久慈屋一行が先に江戸に戻ったあと、琵琶滝の研ぎ場で刃渡り五寸一分のなんとも見事な菖蒲正宗の手入れをなした」

「なんとさようなことが」

「あった」

「で、菖蒲正宗なる懐剣、その町人に戻されましたか」

「戻した」

返答を聞いた新八が残念そうな顔をした。

一方、小籐次は客の子次郎が密やかに高尾山の旅に同道し、懐剣を研ぎ上げるまで小籐次らの近くに潜んでいたことは新八とおしんに告げなかった。なんとなくだが、この菖蒲正宗の一件が終わったと思えなかったからだ。

「失礼ながらお尋ねします。赤目様の研ぎに満足なさいましたでしょうな」

と新八が尋ねた。

「と、当人はいうておった。というのもその菖蒲正宗、その者の持ち物ではないのだ。さる屋敷の女衆《おんなし》の持ち物というておったで、そのお方が満足したかどうかは分からぬ」

「赤目様が霊場高尾山の琵琶滝の研ぎ場で渾身《こんしん》の研ぎをなされたのです。大いに満足されたことは確かです」

とおしんが答えた。

「であればよいがのう」

と応じながら、小籐次は新八、おしんの手を借りる話にならぬことを願った。

四

翌朝、須崎村の船着き場に青山家の船が二人の密偵を迎えにきて、その船に小籐次が同乗し、駿太郎が櫓を握った小舟と並走するように大川を下った。途中、日本橋川が合流するところで駿太郎が、

「父上、稽古を終えたら久慈屋に駆け付けます」

と青山家の船に呼びかけると、

「そう願おう」

と小籐次が答えて、駿太郎の小舟はアサリ河岸の鏡心明智《きょうしんめいち》流士学館桃井道場に向かった。

桃井道場に入ると、すでに年少組の五人が見習与力岩代壮吾の指導を受けていた。だが、旅の前のような弛緩《しかん》した稽古ぶりと違い、壮吾の指導を真剣に受け止めていた。それは一目でわかった。

「よし、止め」

と壮吾がいい、駿太郎に視線をやった。

「赤目駿太郎、遅いではないか」

こんな朝早くから年少組の六人が道場に揃うことがあったかと驚きながらも、

「申し訳ありません、岩代様」

と応じて急ぎ稽古着に替え、年少組の稽古の場に戻った。

「駿太郎、昨夕、望外川荘にどなたか客があったか」

壮吾が駿太郎に尋ねた。

「はい、昨夜、父は遅くまで客人と話し合っておられましたが、私は早めに寝《しん》につきましたので稽古に遅れた言い訳にはなりません。明日から早く参りますのでお許しください」

駿太郎は詫びた。だが、客人が何者かとは言わなかった。

「よし、あとで駿太郎と稽古をいたそう。まずは体をほぐせ」

と壮吾が言い、年上の門弟と稽古を始めた。

駿太郎はすでに望外川荘の庭で独り稽古をしてきたので、すぐに森尾繁次郎らとの稽古に入った。

「駿太郎さん、おれたちがいつもより早いんだよ。兄者《あにじゃ》め、なんだか知らぬがえらく張り切ってな、おれたち年少組をいつもより半刻ほど早く道場に呼びつけたんだよ」

と弟の祥次郎が小声で言い、年少組の頭の森尾繁次郎が、

「駿太郎、年少組の頭はおれだが、剣術の腕前ではとうていそなたに敵《かな》わぬ。そ

れでな、皆と話し合い、年少組の稽古の折の師匠は赤目駿太郎と決まった」

「桃井道場の師匠はおひとり、桃井春蔵先生です」

「だから年少組というておろうが。いいか、今朝からそなたとの立ち合いは一対五じゃ。われらはともかく駿太郎から一本奪うまで掛かり稽古とする。どうだ、駿太郎」

繁次郎の提案について考えた駿太郎は、

「五人がかりですとどうしても気が緩みます。一対一で立ち合いましょう」

「われらとそなたでは話になるまい」

「繁次郎さん、そう思うことがいけません。私と皆さんの力の差など大したものではありません。一人ひとりが本気で打ち合えば、必ずどこかで一本とられるはずです」

「そうかな、駿太郎と一対一の打ち合いな、致し方ないか。一番手はだれか」

四人の仲間が二人を見て、繁次郎を差した。

「なに、おれが一番手か。うう一ん、よかろう、高尾山の猛稽古の成果を見せてやる」

繁次郎が駿太郎の前に立ち、

「年少組剣術師匠赤目駿太郎どの、ご指導願おう」

と叫ぶと一気に面打ちを振るった。

駿太郎は正眼の構えから間を置くことなく攻めてきた繁次郎の竹刀を弾いた。すると繁次郎が弾かれた竹刀を胴へと変化させた。こうして繁次郎の間断のない攻めが繰り返されたが、高尾山の旅に出る前に比べて繁次郎の足腰がしっかりとして、竹刀にも力が込められていると駿太郎は思った。

「よし、繁次郎、その勢いじゃ、駿太郎を攻め倒せ」

二番手に控えた清水由之助が鼓舞の声を上げた。その声が届いたか、張り切った繁次郎の竹刀に力が入り過ぎ、体勢が崩れた。

駿太郎の竹刀が翻って繁次郎の胴を打って床に転がした。すると由之助が間を置かず飛び出してきて駿太郎に打ちかかった。こちらも旅の間に力をつけてなかなか鋭い竹刀の振りに変わっていた。

「由之助、十四歳の意地を見せよ」

と床からようやく立ち上がった繁次郎が激励した。年少組ではこの二人が駿太郎より一歳年上だった。

由之助の狙いは、駿太郎から一本を取ることより出来るだけ疲れさせることのようで、駿太郎に的を絞らせないように右に左に、あるいは後退したかと思うと次の瞬間に飛び込んで間合いを詰めて竹刀を振るい、弾かれると素早く飛び下がった。

不動の駿太郎の周りを蜂のように飛び回った由之助だが、足がもつれたところを駿太郎に小手打ちを食らい、引き下がった。

「駿太郎師範、園村嘉一の胴打ちを食らえ」

と気合を発した嘉一が胴打ちと言いながら、連続の面打ちを駿太郎に畳みかけた。

「おお、嘉一さん、動きがいいですね」

駿太郎が誉め言葉をかけながら、嘉一の好きなように攻めさせた。

「なかなかやるだろうが」

と顔を真っ赤にした嘉一が、

「おい、吉三郎、おれが駿太郎先生を四半刻（三十分）も引きずりまわしたぞ。そなた、代われ」

と飛び下がろうとした腰を駿太郎の竹刀が軽くたたくと、

「ああー」

と言いながら床に転がった。そこへ繁次郎がきて、

「嘉一、なにが四半刻か、百も数えておらぬわ。吉三郎と代われ」

と命じた。

「な、なに、たったそれだけの間か、ううーん、敵侮《あなど》りがたし」

と言いながらなんとか立ち上がり、座に戻った。

旅の間じゅう、嘉一、吉三郎、祥次郎の三人は駿太郎攻略策を話しあってきた。なにしろ同じ十三歳といっても背丈も違えば、足腰も鍛え上げられて大人の剣術家並みにしっかりとしており、真剣勝負の経験もある駿太郎と尋常一様では太刀打ちできない。

嘉一が祥次郎の耳元で囁《ささや》いた。

「祥次郎、おまえの兄上とて駿太郎から一本取るのは至難であろうが」

「兄上は家に戻るとな、赤目駿太郎の強さは血筋じゃと悔しがっておったぞ」

「待て、酔いどれ小籐次様は駿太郎の実の父親ではないぞ」

「嘉一、そんなことは承知じゃ。実の父親は須藤なんとかという剣術家だと聞いたぞ。その上育ての親が酔いどれ様だ、おれたちが束になっても敵わぬぞ」

「そこじゃ、だからな、奇策を使うしかあるまい」

「なんだ、奇策とは」

「この次の出番の折、おれが一撃必殺の突きを見せる。その直前にな、祥次郎、おまえが駿太郎に向かって気をそらせるような言葉を叫べ」

「なんと叫ぶのだ」

「『駿ちゃん、親父様がきたぞ』でもなんでもいい、気をそらせろ。そこをおれが突きで駿太郎の喉元を狙うからな」

「卑怯ではないか」

「卑怯もなにもあるか、おれたちが束になっても敵わぬ相手を倒すには奇策しかあるまい」

「なんだか、汚い手だな」

「ならばなにか考えよ」

と嘉一が言ったとき、吉三郎が二度目に床に転がされた。嘉一は立ちあがり、

「最前の立ち合いでは気を抜いた。いま一度立ち合いを願おう」

と駿太郎に言うと祥次郎に、

（いいな）

と目配せして出ていった。

嘉一も高尾山の山修行で足腰がしっかりとして体力もついていた。体力に任せて駿太郎を攻め続けた。なにしろ駿太郎が反撃するのはこちらが弱ったとき、とこれまでの立ち合いでも分かっていたから、必死で竹刀を振るい、息が切れたとき、ちらり、と祥次郎を見て、

「ここだぞ、奇策を試みるは」

と無言の合図をしたとたん、こつん、面を駿太郎に打たれて床にへたりこんだ。

こうして奇策も無駄に終わった。

最後に残ったのは祥次郎だ。

「駿ちゃん、疲れておらぬか。疲れておるならば、少し休んでもいいぞ」

と対峙したあと話しかけた。

「祥次郎さん、疲れてなどいません」

「それは困った」

祥次郎は竹刀を構えながら、対等な打ち合いなどできない相手を少しでも動かせないかと考えた。

(どうすればいいか)

背丈の差は七寸ほどだ。なんとしても駿太郎の内懐に入れないものか。やはり

嘉一の考え、奇策しかないか。

祥次郎は正眼に構えて駿太郎の顔を見上げた。

「あのさ、高尾山でさ、酔いどれ様、猿の群れといっしょに高い枝に跨っていたよな。まるで猿の親分みたいだったな」

と手にした竹刀で道場の天井を差してみせた。

駿太郎は祥次郎の竹刀の先を眺めあげた。

次の瞬間、腰を屈めた祥次郎が駿太郎の前に飛び込んで、

「胴」

と叫びながら竹刀を振るった。

（やった）

と思った瞬間、脳天にどすんと駿太郎の竹刀が落ちてきて、祥次郎は気を失った。

祥次郎は顔に載せられた手拭いの冷たさに意識を取り戻した。

「ごめん、祥次郎さん。思わず力が入ったんだ、痛かった」

と詫びる駿太郎の傍らに兄の壮吾の顔があり、

「祥次郎、姑息《こそく》な手まで使って駿太郎に勝ちたいか」

「ああー、勝ちたいよ。でも、なにをやってもだめだねえ」

と少し悲しげに祥次郎が応じた。

「旅でなにを学んだんだ、祥次郎」

「ああ、おれと駿太郎さんでは違うってことをね。それで」

「それで、なんだ」

「駿ちゃんが一日に稽古する一分ほどもおれは稽古してないよね」

「ああ、していないな」

「勝ち負けはもう考えない」

とゆっくりと祥次郎が起き上がり、二めぐり目の立ち合いが繁次郎から始まった。

五人と二めぐり目の立ち合いが終ったあと、壮吾が、

「駿太郎、それがしと稽古をしようか」

と誘った。

「お願い申します」

この日の二人の稽古は、後のち桃井道場で語り草になるほど険しくて激しいものだった。

どちらも全力を出し切って戦っていた。小細工なしの打ち合いだった。一瞬の弛緩もない攻防が続いた。古手の門弟市村権兵衛が見所近くに立ち、

「なんとも凄まじい打ち合いじゃな」

と漏らした。

市村は桃井道場には珍しく町奉行所の与力・同心ではない御家人だった。そして、この半年余り道場に来ることがなかった。だから、壮吾の相手が何者か知らず、年少組や壮吾が久慈屋の御用旅で高尾山へ行ったことも知らなかった。

「師匠、あの二人になにがあったのだ」

「さあてのう、なにがあったかわしには分からぬ」

「師匠、岩代の攻めは鬼気迫るものがあるぞ。片方ののっぽは何者か」

「市村、知らぬのか、赤目小籐次どのの息子じゃ」

「な、なに、赤目小籐次の倅がうちに入門したか」

「そなたが稽古を長々と休んでおった最中に赤目どのから願われて預かったのだ」

「長々と休んだのは御用ゆえだ、致し方なかろう。その間に天下の赤目小籐次の倅がうちの道場にな」

「おかしいか、市村」

「うーむ、なにやら妙じゃな」

「確かにあの息子の駿太郎を預かってもわしは教えきれぬでな」

と桃井春蔵が正直な気持ちを古い門弟に吐露した。

「師匠、さようなことを」

「言うたのではないと申すか」

「まあ、似たようなことは考えた。駿太郎はいくつか。顔は子どものようじゃが背丈は壮吾と同じで高いな、それになかなか鍛えられておるわ」

「十三というたら信じるか」

「なんと十三歳か。年少組ではないか」

「そうじゃ、年少組の一員よ」

「それが岩代壮吾と互角に戦いおるか」

「おお、赤目駿太郎がうちの道場に通うようになって壮吾とは幾たびも稽古をしたが、かように火が出るような打ち合い稽古は初めてじゃな。壮吾も駿太郎も手を抜いておらぬ。相手をねじ伏せようと最後の力を振り絞っておるわ」

桃井春蔵の言葉を聞きながら二人の打ち合いから目を離すことはなかった市村

が、

「うちの道場はこのところのんびりしておったな。わしが休んでおるうちにえらい変わり様じゃぞ。変えたのはあの十三歳ののっぽか」

「いや、時折赤目小籐次どのも姿を見せられるでな、あの親子のお陰でうちの道場の空気が変わったのじゃ。市村、赤目小籐次どのが参られた折に稽古をつけてもらえ」

「『御鑓拝借《おやりはいしゃく》』以来数多《あまた》の武勇の士に稽古など願えるものか。あの子の動きを見ておると、親父どのの強さが推量できるわ。親の酔いどれ小籐次にしてあの倅ありだな」

古い付き合いの師弟がぼそぼそと小声で話し合いながら壮吾と駿太郎の稽古を見ていた。いまやその朝、稽古に来ていた門弟たちすべてが見詰めていた。

道場の隅で稽古をしていた年少組も動きを止めて二人の攻防に見入った。

それほど激しく険しいせめぎ合いであった。

桃井春蔵は岩代壮吾が変わったのは、赤目駿太郎という好敵手が現れたこともあるが、久慈屋の旅の最中に、

「真剣勝負」

を経験したからだと察していた。

岩代壮吾は桃井道場で三指に入る技量の持ち主であったが、あくまで道場稽古の域をでなかった。つまり畳水練の士が真剣で生死をかけた戦いに直面し切り抜けた、そのことが壮吾を変えたと思っていた。だが、それを口にすることはなかった。

半刻を過ぎた頃合い、両者が阿吽《あうん》の呼吸で竹刀を引き合い、

「ご指導有り難うございました」

と駿太郎が声を張って礼を述べ、壮吾は険しい顔で、うんうんと駿太郎に頷いてみせた。

道場の稽古が終わったあと、道場主の春蔵が年少組を呼び集め、

「森尾繁次郎、清水由之助、吉水吉三郎、園村嘉一、そして、岩代祥次郎、久慈屋のお陰でよい経験を積んだようじゃな。道中にいく前とそなたらの稽古ぶりが変わっておる。旅で学んだことを忘れるでないぞ」

と褒《ほ》めた。

「駿太郎さんにさ、散々な目に遭わされたけど、師匠に褒められたぞ」

と嘉一が言い、

「おれたち、なにか変わったか」

と吉水吉三郎が呟いた。

「分からん」

と繁次郎がいい、

「壮吾さんと駿太郎の打ち合いは凄みがあったな。おれたち、いつ、あんな風な稽古が出来るかな」

と由之助が独白した。

そんな年少組の問答を市村権兵衛が聞いて、

「師匠、やはり桃井道場は変わったわ」

と言った。

「わしができんことを赤目親子が変えたのよ」

「いや、師匠のその人柄が変えたかもしれんぞ」

と市村が言い添えた。

この日、駿太郎が小舟を芝口橋の久慈屋の船着き場に寄せたとき、九つ（正午）の時鐘が響いて半刻ほど過ぎていた。

「父上、遅くなりました」

研ぎ場から顔を上げた小籐次が駿太郎の上気した表情を見て、

「よい稽古が出来たようじゃな」

と話しかけた。

「はい、岩代壮吾様に稽古をつけてもらいました」

「さようか、そなたらは互いに好敵手としてこれからも稽古を繰り返すことになりそうじゃな」

「はい」

と答えて研ぎ場に座ろうとした駿太郎に観右衛門が、

「駿太郎さんや、まずは昼餉を食してから研ぎ仕事にかかりなされ」

と声をかけた。

いつもの日々が戻ってきたと悟った小籐次が駿太郎に頷きかけ、立ち上がった。

芝口橋を往来する人々を夏の陽射しが白く照らしていた。

第二章　望外川荘の秘密

一

数日、穏やかな日々が続き、小籐次と駿太郎はふだんの暮らしを取り戻した。紙問屋の店先の研ぎ場で久慈屋の溜まっていた刃物を研ぎ終え、足袋問屋京屋喜平の道具に二人は取りかかっていた。むろんその合間に芝口橋界隈の住人の包丁の手入れをした。

京屋喜平の道具の手入れを終えた親子は、明日から川向こうの蛤町《はまぐりちょう》裏河岸に小舟を向けようかと話しあった。

「父上、その前にお鈴さんとお夕姉ちゃんの望外川荘泊りが待っています」

「そうであったな。二人にはだいぶ待たせたな」

昼下がりの仕事の合間に新兵衛長屋の様子を駿太郎が歩いて見にいった。

新兵衛長屋の庭にある柿の木に青葉が繁っていて、その木漏れ日の下で新兵衛は、なんとも分からない歌などを口ずさみながら、研ぎの真似事をしていた。

駿太郎はちらりと新兵衛を見た瞬間、急に老いたと思った。呆けが進行したというより体がひとまわり小さくなった感じだ。

砥石に見立てた角材で木製の包丁を研ぐ姿がぎこちなく寂し気であった。

「あら、駿太郎さん」

父親の新兵衛の様子を見にきたお麻が駿太郎に気付き、声をかけた。すると研ぎの真似事に没頭していた新兵衛がのろのろと顔を上げて、

「おお、駿太郎、戻って参ったか」

と応じた。小籐次のなり切りは相変わらず続いていた。

「父上、無沙汰をしておりました」

「致し方ないわ、仕事ではのう」

新兵衛が穏やかな表情で言った。

そんな庭の様子を察した版木職人の勝五郎や長屋の女衆が姿を見せた。

「駿太郎さんよ、旅から戻ってきたというのによ、昔馴染みの新兵衛長屋に酔い

どれ様は顔出しもなしか。旅じゃ騒ぎもなかったとみえて、空蔵がよ、なにも仕事をくれないぞ。それとも空蔵め、他の職人に仕事を回したかな」

と尋ねた。

「勝五郎さん、こたびの旅は読売にするような騒ぎはありませんでした。空蔵さんも父上にだいぶ食い下がっておいでしたが、空蔵さんに、いえ勝五郎さんに願う仕事がなかったのです」

「くそっ、そういうことか。赤目の旦那がもどってきたら二、三本仕事が入ると思ったんだがな、ここんとこ仕事の注文がないんだよ。酔いどれ様にさ、なんぞ知恵は借りられないか」

と願う勝五郎に新兵衛が視線を向けた。

「雪隠《せっちん》がよい、せがれを困らせる真似をするでないぞ。暮らしとはよきときも悪しきときもあるのが世の習いじゃによってな」

と達観した僧侶のような口調で勝五郎を諭した。

「新兵衛さんはいいよな、呆けてよ、酔いどれ小籐次のなり切りを演じていればいいんだもんな。それに錺《かざり》職人の桂三郎さんは近ごろ注文が次々に入ってきてよ、おれのような金の苦労はねえよな」

と嘆いた。

桂三郎の造る錺ものには高値がつき、江戸の錺ものを扱う二つの老舗《しにせ》から競い合うように注文が入っていた。

娘のお夕はそのことを気にかけていた。店の注文は客の評判を呼んだ同じような品ばかりで、名人気質《かたぎ》の桂三郎は、毎日同じものを造ることにどこか不満を抱えているという。そんな話をお夕から漏らされた小籐次は、

「もはや桂三郎さんは、これまで付き合いのある店から離れて独り立ちし自分のやりたい仕事をする時節にきているのだがな、桂三郎さんは律儀に世話になった老舗に忠義を尽くしておられる」

と呟いたものだ。

なり切りの新兵衛が言った。

「勝五郎、そのほう最前から妙なことを繰り返しておるな。呆けておるのは雪隠がよい、そのほうではないか。他人の仕事を妬《ねた》ましく感じていてはくる仕事もくるまいぞ。もっと地道に暮らすことを考えよ。店賃は払うたか」

「ちぇっ、新兵衛さんよ、呆けていても家賃の心配か。差配はもうお麻さんが代わって久しいや。おめえさんは、元差配、隠居の新兵衛さんだからな」

不意に新兵衛の顔色が変わった。

「だれが隠居じゃ、だれが呆けておる、そのほう、最前厠《かわや》に行ったことを忘れて、日に何度も雪隠にかよいつめておらぬか。呆けておるのは勝五郎、そのほうじゃ」

「ちぇっ、呆けた新兵衛さんに呆けといわれりゃ、世話ねえよ」

「だれが呆けた新兵衛か、たわごとを抜かしおると赤目小籐次、手は見せぬぞ」

と木製の包丁を傍らの木刀にのろのろと持ち替えた。

「父上、お腹立ちはもっともですが、勝五郎さんも仕事がないので苦労をしておられるのです。そのようなお方に刀を振りかざすなど、天下の武人赤目小籐次がすることではありません」

「おお、さようであったな。雪隠がよいの言葉をまともにうけとったそれがしが、いささか愚かであった。ご一統、それがしの研ぎ仕事を邪魔するでない」

と言った新兵衛が研ぎ仕事に戻った。

父親の様子を見たお麻が裏庭から駿太郎を誘って戻りかけた。

「お麻さん、明日、お夕姉ちゃんを須崎村に誘ってよいですか」

「よかった。このところうちの人もお夕も仕事が詰まっていて、二人とも疲れているの。その話をするときっとお夕は大喜びするわ」

とお麻もほっとした顔をした。

新兵衛長屋の木戸口を出た路地の向こうの差配の家が錺職人親子の仕事場だ。

「桂三郎さん、お夕姉ちゃん、ひさしぶりです」

「駿太郎さん、ご苦労さんでした。久慈屋の大番頭さんがな、赤目様方は騒ぎの始末もあって江戸に戻るのが遅くなると、そっと耳打ちしてくれました」

観右衛門は口の堅い桂三郎には事情を告げたようだった。

「あれこれございましたが、江戸に戻ってもその後始末で父はこちらに参ることができませんでした。父の代わりにお願いがあって寄せてもらいました」

「駿太郎さん、お夕の望外川荘泊りかな」

「はい、明日はいかがですか」

「このところお夕に根を詰める下仕事をさせました。おりょう様が迷惑でなければぜひお願いします」

父親であり、錺職の師匠でもある桂三郎の言葉にお夕が駿太郎を見た。

「お夕姉ちゃん、明日迎えにきていい」

「ありがとう」

とお夕が短く答えた。その言葉のなかにお夕の切迫した想いが籠められているのが駿太郎には理解できた。

「よかった。これから久慈屋に戻って大番頭さんにお鈴さんの都合を聞くからね。その返事次第で明日の望外川荘泊りが本式にきまる。大丈夫、昌右衛門様も大番頭さんも必ず許してくれるからね。帰りにこちらによって知らせるよ」

と言った駿太郎は、

「桂三郎さん、よろしいですね」

と念を押した。

「いや、うちはいつでもようございます、駿太郎さん」

桂三郎もお夕がぎりぎり切羽詰まったところで仕事をしていることを承知しているのだと思った。

「後でね」

と言い残した駿太郎は新兵衛長屋から芝口橋に出る河岸道に向かった。するとお麻が駿太郎の名を呼びながら追いかけてきて、

「駿太郎さん、赤目様とおりょう様によろしく伝えて下さい」

と改めて願った。

「お夕姉ちゃん、だいぶ疲れているようですね」

「そうなの」

と応じたお麻だが、なにか言いたげな表情で黙り込んだ。

「お夕姉ちゃんのことですか」

「うちの人に迷いごとがあるのね。それがお夕に」

「そうか」

「忙しい赤目様とおりょう様に迷惑ばかりかけてご免なさいと駿太郎さんから詫びを伝えて」

「はい、そうします。でも、私たち、身内のような間柄ですよね、詫びなど要りません」

うんうん、とお麻は頷いたがそれ以上胸の閊《つか》えを口にしなかった。

「父上に桂三郎さんに迷いごとがあることを伝えておきます」

という駿太郎に、お願い、といったお麻が新兵衛長屋に戻っていった。

あれこれと桂三郎一家のことを考えながら芝口橋に向かっている駿太郎の前にそよりと人影が立った。父に懐剣菖蒲正宗の手入れを願った人物だ。

「子次郎さん、でしたね」

駿太郎がその名を呼んだ。

子次郎は、懐剣の研ぎの進み具合を確かめようとしてか、久慈屋一行の道中に密かに従ったことを駿太郎は薄々知っていた。また懐剣が子次郎のものではないことも小籐次から聞かされていた。府中宿の騒ぎの折も高尾山でも久慈屋一行に面倒が降りかかると、子次郎が密かに手助けしてくれたことを駿太郎は感じていた。

そんな子次郎の厚意を認めた小籐次は、琵琶滝の研ぎ場で心魂こめて研ぎ上げた菖蒲正宗を子次郎に返したと聞いていた。

懐剣の真の持ち主が手入れを気に入ってくれたかどうかを小籐次は気にかけていた。

「父が研いだ懐剣の仕上がり、真の持ち主様は気に入らなかったのでしょうか」

「駿太郎さん、おまえさんの親父様は天下一の武芸者にして研ぎ師だ。気に入らないはずはない。懐剣に触れた瞬間、赤目小籐次様の気持ちが伝わったとみえて、懐剣を胸に掻き抱いて感激に咽《むせ》び泣いておられた」

「ご免なさい、さようなことを聞く心算《つもり》はなかったのに。子次郎さん、なにか父に言付けがありますか」

「駿太郎さん、急ぎですまねえが、明日望外川荘を訪ねてはいけないかと聞いてくれないか」

と言った。

「芝口橋の研ぎ仕事は目処がつきました。明日から深川に移って研ぎ場を設ける心算です。でも深川のお客さんに約束したわけではありません。父は大丈夫と答えると思いますよ」

「赤目様が許してくれるならば、鼠《ねずみ》の根付を久慈屋の研ぎ場のどこでもいい、見えるように置いてくれないか」

と子次郎が言い、はい、と駿太郎が了解すると、現れたときと同様に、そよりと子次郎が河岸道から姿を消した。

久慈屋一行の道中につかず離れず従って姿を見せることなく、一行の行動に気を配っていた子次郎が、

「只者ではない」

ことを駿太郎は承知していた。

小籐次と子次郎は、あの懐剣の手入れを請け合ったときから、心のどこかで互いに認め合っていた。

久慈屋の店先の研ぎ場に戻った駿太郎は、帳場格子の昌右衛門と観右衛門に会釈すると、

「新兵衛さんは長屋の裏庭で研ぎ仕事の真似事をしていましたが、どことなく体がひと回り小さくなったように感じました」

と告げた。

「やっぱり駿太郎さんもそう感じられたか。私もね、このところ気がかりではあったのです、なにしろ天気さえよければ長屋の庭に出張って研ぎ仕事ですからな。どこぞ病というわけでもなさそうなので、口出しはしていませんがな」

「そうか、新兵衛さんがな、帰りに長屋に立ち寄って参ろうか」

と小籐次が口を挟んだ。

「昌右衛門様、大番頭さん、お鈴さんを明日望外川荘に招いてはなりませんか。お夕さんは泊まれるそうです」

「そうか、お夕さんは修業と新兵衛さんの世話で草臥《くたび》れていましたね」

「はい、母親のお麻さんからも願われました」

「うちは赤目様一家が承知なら、一晩や二晩どうってことはございません。鈴を連れていって下さい。当人は大喜びしましょう」

と昌右衛門が即座に許した。

「有り難うございます」

「駿太郎さんが気遣いすることではないのですがな」

と観右衛門が笑った。

駿太郎は自らの座に腰を下ろすと近くの裏長屋のおかみさんに頼まれた包丁を手にした。

「父上、子次郎さんから言付けです。明日、望外川荘に伺ってよいかと尋ねられました。新兵衛長屋の帰り道に、私を待っておられたのです」

と小声で告げた。

「構わん」

「ならば、鼠の根付を研ぎ場のどこぞに飾ってくれとのことでした」

「相分かった」

とだけ小籐次が答えた。

「父上、菖蒲正宗の持ち主のお方は、あの懐剣に触れた途端、胸に抱いて涙を流されたそうです」

「そうか、そうであったか」

小籐次が研ぎかけていた京屋喜平の道具を置いた。どうやら今日が最後という
ので、新たな道具を持ち込まれたようだった。そして、子次郎の伝言に小籐次が
ほっと安堵したのが分かった。
しばし沈思していた小籐次が、
「となると他の用かのう」
と呟き、研ぎ仕事を再開した。

八つ半（午後三時）の茶の時分、駿太郎は独りで台所の板の間で茶菓を頂戴した。いつもは観右衛門と小籐次は大黒柱の前の定席に座るのだが、昌右衛門の願いで今日は三人が店座敷で茶を喫することになった。

その店座敷に茶菓を供してきたお鈴が、

「明日、望外川荘にお邪魔していいのね」

と小声で駿太郎に質した。

「そうなんです、お鈴さん、迷惑なの」

「違うわよ、だけど奉公人のなかで私だけが特別扱いのようで気になっているの」

駿太郎がくすくすと笑った。

「どうかした」

「いえ、そんなお気遣いは無用と思います。お鈴さんはうちの身内、うちと久慈屋も身内同士です」

「そうね、そう思うことにするわ。明日が楽しみだわ」

「お鈴さん、お夕さんもいつものように一緒ですが、お夕さんは疲れ切っています。そのことを伝えておきます」

「ああー」

と駿太郎の言葉にお鈴が応じた。

「あちらでも桂三郎さんの名が出ていたわ」

店座敷に茶菓を運んだお鈴が小耳にはさんだか、言った。

「そうか、あちらでも桂三郎さんとお夕さんのことか」

「私が耳にしたのはその名だけよ、話はなんだか分からない」

「悪い話でなければいいけど」

駿太郎の呟きで話は終わった。

休息を終え、ひと研ぎしたあと、小籐次が手入れを終えた道具を京屋喜平に駿太郎が持っていくことにした。その道具を包んだ布包みに鼠の根付がぶら下げられていた。駿太郎は、根付をぶらぶらさせながら京屋喜平の店に入っていくと、

「手入れが終わったそうです。お届けに上がりました」

と言いながら根付を外し、布包みを番頭の菊蔵に渡した。すると菊蔵が職人頭の円太郎を呼んだ。

「駿太郎さん、また背が高くならないかえ」

と円太郎が包みを受け取りながら言い、

「さあ、私は父が小さくなっていくような気がします」

「天下無双の赤目小籐次様にそういえるのは、息子の駿太郎さんだけだろうな」

「えっ、この若侍は酔いどれ小籐次様の息子様かえ。どうりで研いだ道具の布包みに値が張りそうな鼠の根付なんぞをつけておられるわ」

大店の旦那風の客が駿太郎の根付に目を止めた。駿太郎は、

「いえ、これは違うんです」

とは言えず黙っていた。

帰り舟で新兵衛長屋に立ち寄ると、小籐次ひとり、差配の家を訪ねていった。

その間に駿太郎は長屋の腰高障子をあけて部屋に風を入れた。すると勝五郎が顔を覗かせて、

「今日は早上がりか」

「ええ、いつもより早いですね。明日、お夕姉ちゃんとお鈴さんを迎えに参ります」

「おお、須崎村泊りか、いいやな、若いうちはよ。おれんちなんて仕事が途絶えて久しいや。鼠小僧《ねずみこぞう》がきてよ、腰高障子の隙間から一両、いや、一分でもいいな、投げ込んでくれないかね」

「えっ、まだあの騒ぎ続いているんですか」

「このご時世だ。鼠小僧次郎吉の令名いよいよ高くなり、けっこうあちらでもこちらでもご慈悲の金子が投げ込まれるというぜ」

「なんだか妙な話ですね」

「どこが妙だよ、貧乏人にはなんともあり難いお鼠様じゃねえか」

「そのお鼠様、大金持ちなんですね」

「ところがよ、あんまり大きな声ではいえないが、鼠小僧はさ、蔵に千両箱を積んでいるお大尽や賂《まいない》を貯め込んでいる大身旗本の屋敷に忍び込んで金子を盗み出

して、貧乏人に分けているって話だぜ。つまり義賊だとよ」

「義賊ってどういうことですか」

「盗人でもよ、己の利欲のためじゃねえ。おれたち貧乏人のために盗んだ金を配っているのが義賊だな」

「それはやっぱり泥棒と同じことです」

「いや、義賊は盗人でも格別な御泥棒様だ、おれんちにこないかね」

と言った勝五郎がふと気付いたように、

「赤目小籐次の仕事場がうちの隣にあるからいけねえんだな。だってよ、酔いどれ様は六百両を一度、二百両を一度と、二度も公儀の御救小屋に寄進したよな。大金持ちの赤目小籐次が隣じゃ、余禄に与《あず》かっていると思ってよ、鼠小僧様はお出ましにならないんだよ」

と言い出した。

「父は大金持ちではありませんよ」

「世間はそう思い込んでいるんだよ。となるとよ、義賊の親玉が赤目小籐次だな」

と応じたとき、小籐次が差配の家から戻ってきて、

「勝五郎さんや、わしがなぜ義賊の親玉だな」

「ああ、たとえなんだよ。じょ、冗談なんだよ」

と勝五郎が慌てた。

二

この日の夕餉の折、お夕とお鈴の望外川荘宿泊がおりょうの了解を得て決まった。

小籐次がその話のあと、言い出した。

「昌右衛門さんと大番頭さんから相談を受けた」

駿太郎は店座敷での三人だけの内談のことだと即座に分かった。

「久慈屋さんとの間で改まって相談とはなんでしょう」

「夕が疲れていることとも関わりがある。前にもおりょうには話したことがあろう。錺ものを扱う老舗の二店が競い合うように桂三郎さんのもとへ注文をしてくる」

「ああ」

と思わず駿太郎が漏らした。

「父上、いつかの話ですね」

「そうだ、客はこれまで売れた、同じ品ばかりを注文するというのだ。今や名人と評判の桂三郎さんにはあれこれと己の望みで造ってみたい品がある。それがまるで賃仕事のように同じ品を造らせておる。その手伝いを夕がしておるというわけだ」

錺師は仏具諸々や襖《ふすま》障子の引手、屛風の飾り、箪笥の金具、飾り棚の金具、硯《すずり》の水入など金物の細工をする職人をさした。

だが、桂三郎が得意としたものは簪《かんざし》や指の輪や煙管《きせる》や煙草入れの金具など小物ながら細工にあれこれと金や銀や勾玉《まがたま》、瑪瑙《めのう》など埋め込んで創意工夫した品だった。ところが革細工の煙草入れの飾り金具が評判を呼ぶと、同じ注文ばかりが舞い込んでくるという。

「お夕さんは師匠でもある父親の桂三郎さんにいろいろな錺ものを造ってほしいのですね」

おりょうが問答に加わった。

「そうだ。だが、二つの店からは似たような売れ筋の注文ばかりというのだ」

「桂三郎さんはおとなしいお方です。これまでお世話になったお店の注文を断ることはできないのでしょうね」

と駿太郎が応じて、

「桂三郎さんの不満と苛立《いらだ》ちが分かります。そんな師匠を傍らで見ているお夕さんはつらい思いをしているのですね」

とおりょうが言い、

「桂三郎さんから久慈屋さんに相談があったのかしら」

と小籐次に問うた。

「いや、昌右衛門さんが申されるには、桂三郎さんの気性ではうちに相談などございませんと少しばかり残念そうな顔であったな。観右衛門さんが日ごろ見ていて気になり、わしに話を持ってきたのだろう」

「おまえ様にどのような相談でございましょうか」

「わしに知恵があるはずもない。昌右衛門さんと大番頭さんはすでに方策を考えておられ、そのことについてわしに、『どうであろう』と尋ねられたのだ」

「ほう、久慈屋さんの主と大番頭さんの知恵とはどのようなことでございましょう」

と聞かれた小籐次が駿太郎を見た。

「駿太郎、そなたはどのような知恵と考える」

と駿太郎に問うた。

「昌右衛門様と大番頭さんは、この際、思い切って二軒のお店の出入りを止めて桂三郎さんが好きなものだけを造れるように独り立ちしたらどうだろうと、父上に相談されたのではないですか」

「よう思いついたな」

「お夕姉ちゃんが望外川荘に泊まった折に、ぽつんともらす言葉を聞けば、分かります。お夕姉ちゃんは桂三郎さんの造る簪が、他の錺師の造ったものと比べものにならないことを承知です。二軒の老舗と袂《たもと》を分かっても、桂三郎さんの造る品を求める客は必ずいるとお夕姉ちゃんは信じているのですね」

「そういうことだ、おりょう」

「私は迂闊《うかつ》にもお夕さんの悩みがそれほど深いものと気付きませんでした。で、おまえ様はどう昌右衛門様と大番頭さんに応えられましたな」

「まずは桂三郎さんの忌憚《きたん》のない考えを聞くことが最初であろう、と答えた。その前に夕の疲れをこの須崎村で癒すことが必要なようじゃな」

と小籐次が答えた。

しばし沈思したおりょうが、

「明日、お鈴さんとお夕さんをうちに招きますね。お鈴さんは一晩泊まりで久慈屋に戻るとして、お夕さんはそのまま望外川荘に残って、二、三日逗留してはいかがでしょう」

と言い出し、駿太郎とお梅がうんうんと頷いた。

「お麻さんもそのような考えで駿太郎のあとを追いかけてきたのかもしれませんね。でも言い出せなかった」

とおりょうが言い添えた。

「駿太郎、明日の道場での稽古を終えたのち、お麻さんと桂三郎さんに相談してみよ」

「はい、そう致します。父上は望外川荘に残られますね」

「明日は別の客人が望外川荘にあるでな、残らずばなるまい」

「あら、どなた様にございましょう」

「菖蒲正宗の手入れを頼んだ客人が訪ねてきたいそうじゃ」

「菖蒲正宗は手入れをなしてお返ししたのではございませんか」

「そうなのだが、わしに話があるようでな。なんとのうじゃが、久慈屋で話す内容ではないような気がしてな」

「おや、どのようなことでございましょう」

と駿太郎をおりょうは見た。

「母上、私も存じませんよ」

「というとおまえ様は承知なのですね」

「漠とした話しか知らぬ。菖蒲正宗の持ち主のことであろう」

「女性《にょにん》でございますね」

「おそらくお姫様と呼ばれるようなお方かと察する」

「大身旗本の娘御でしょうか」

「と、察せられる」

小籐次はその姫君が両眼の見えないことを子次郎から聞かされていた。だが、三人の前では話さなかった。

「明日の客人はおまえ様ひとりがお相手なされますか」

「おりょう、そなたも話に加わってくれぬか」

「わたしの同席が役に立つようなればそう致しましょう。お迎えした折の相手様のご様子で、りょうが同席したほうがよいかどうか決めさせてもらいます」

とおりょうが応じた。


翌早朝、駿太郎は小舟に乗って大川を独り下った。

アサリ河岸の桃井道場で朝稽古をしようと思ってのことだ。だが、刻限が早すぎたか、道場は開いていたが、門弟のだれ一人としていなかった。

夏の光がうっすらと道場を浮かび上がらせていた。

駿太郎は神棚に拝礼すると、道場の真ん中に立ち、腰の孫六兼元《まごろくかねもと》を抜き打つ独り稽古を始めた。最初、ゆったりとした動作で刃渡二尺二寸一分を抜き、虚空に米の字を書くように左斜め、右斜め、横棒、縦棒、左下、右下と刃を振るった。

その動作を繰り返す。いや、少しずつ速くなっていく。とはいえ、刃の振るい方が乱れることはない。

駿太郎は無心で動作を繰り返し、迅速の極にいたったとき、こんどは少しずつ緩やかに兼元を使って、虚空に米の字を書き続けた。

動作が最初の速さに戻ったとき、静かに兼元を納刀し腰から外して右手に持ち、見所をみていつのまにか来ていた道場主桃井春蔵に一礼した。

「見事な刃さばきかな。来島水軍《くるしますいぐん》流の教えの一つであろうか」

「父より幼き折に木刀にて教えられましたが、来島水軍流にはない、父の思い付きじゃというておりました」

「木刀から本身へ七年余か」

「はい」

「歳月は人を成長させるな」

と春蔵が言ったとき、岩代壮吾を先頭に年少組の五人が稽古着で入ってきた。

「ああー、今朝は駿太郎さんが早いぞ」

と祥次郎が叫んだ。

「本日、父は望外川荘に人を迎えるそうです。ゆえにいささか早いと思いましたが道場に来てしまいました」

「桃井先生と話していたのか」

と吉三郎が尋ねた。

「はい、朝早く参ったお詫びをしていたところです」

「なんだ、駿太郎さんもわれらとさほど変わらないのか」

「稽古着に替えてきます」

と駿太郎は控え部屋に向かった。すると壮吾一人だけが控え部屋に入ってきて稽古着に替えた。

「すでにひと稽古終えたか」

「独り稽古をしていると、いつの間にか桃井先生が見所に座っておられました」

「なんぞ申されたか」

「来島水軍流の技かと問われましたが、父の工夫だと思いますとお答えしたところに皆さんが参られたのです」

「祥次郎はなにも分かっておらぬな。あの旅を経験させてもらったというのに」

壮吾の言葉に応えず駿太郎が道場に戻ると年少組の五人は道場の拭き掃除を始めていた。駿太郎も仲間に加わった。


桃井道場の朝稽古が終わった時分、望外川荘に子次郎が訪ねてきた。

初めての客をクロスケとシロはどう扱っていいか分からず、黙って遠巻きに子次郎の行動を観察していた。

「よう望外川荘にお出でになりました」

初対面のおりょうと小籐次が庭を望める縁側で迎えた。

「おりょう様でございますね、わっしは赤目様に世話になっております子次郎と申します」

子次郎はおりょうに丁寧な口調で挨拶した。

お梅は仕度をしていた茶菓を縁側に運んできて、客に目礼すると引き下がった。

するとおりょうも、

「おまえ様、座敷にて話されますか」

「この縁側が気持ちよいわ。それでよいか、子次郎どの」

「この景色は贅沢の極みです」

「おお、研ぎ屋爺の住まいとは思えぬでな」

「いえいえ、酔いどれ小籐次様らしゅうて、久慈屋の店先の研ぎ場も望外川荘の縁側もよう似合っておられます」

ふたりの問答を聞いていたおりょうが、

「ならば縁側にておふたりでとくとお話しなされ」

とその場を立ち去ろうとした。

「おりょう様、もしよければ同席してくださいませんか」

と子次郎が願った。

おりょうはしばし子次郎の顔を確かめていたが黙って座り直した。

思い思いに庭の夏景色を見ながらそれぞれの気持ちを静めるように茶を喫した。

庭の一角で子次郎の態度を見ていた二匹の飼い犬がじゃれ合い始めた。だが、完全に子次郎を信頼しているわけではないのが、縁側をちらりちらりと気にする様子で分かった。

「犬は賢うございますね。わっしの正体を承知していますよ」

「そうか、盗人と犬は相性が悪いか」

おりょうは小籐次が「盗人」と言い放った言葉に驚いた。

「まず警戒されますな」

と子次郎も平然と答えた。

「おりょう、わしが決めつけたのではないぞ。ご当人が半端盗人と申したのだ」

「子次郎様、そなたは泥棒、さんですか」

「おりょう様、盗人に『さん』はおかしゅうございましょう」

「そうかしら。盗人にも悪しきものとよきお方がおられましょう。自ら盗人と名乗るお方はきっとよきお方かと思います。その証にわが亭主どのと心を許し合っておられる」

しばし間を置いて、

「あり難いことでございますよ。赤目小籐次様が天下に知られた背後には、おりょう様が控えておられることがよう分かりました」

と応じた子次郎の緊張がほぐれた。

「申し上げます」

と前置きした子次郎は、望外川荘の空に一瞬眼を預けた。

「最前、おりょう様が盗人にも悪しきものとよきお方がおられると申されましたが、盗人によき者がおるわけもございません。ただ、間抜けな盗人とそうでない盗人がいるだけでございますよ」

「ならば子次郎さんは賢い盗人さんですね」

「そう己惚《うぬぼ》れておりましたがね、わっしは間抜けな盗人なのだと教えてくれたお方がおられましてな」

「姫君じゃな」

頷いた小籐次に、

「昨年の大みそかでしょうか。餅木坂《もちのきざか》のさる大身旗本の屋敷に忍び込んだのでございますよ。赤目様やおりょう様に申し上げるのは釈迦に説法でございましょうが、五千石以上の直参旗本は公方様近くの勤めが多いそうですね。わっしが目をつけたのもそんな屋敷でございましてね、大みそか、屋敷に忍び込んで、さあて内蔵はと見当をつけた辺りを探っておりますと、不意に人の気配がいたしましてな、声をかけられたのでございますよ」

子次郎は当初赤目小籐次に虚言を弄して、姫君の屋敷を「麹町」と言っていた。どんな展開になるか、いまひとつ判断がつかなかったからだ。だが、この期に及んで餅木坂と真実を告げることにした。

「お姫様かしら」

とおりょうが聞いた。

およその話を小籐次は聞かされていたゆえ黙っていた。

「へえ、おりょう様は泥棒、盗人をご存じでしたが、姫君は承知ではございませんでした。盗人とはなにかと聞かれましたんで、わっしは縷々説明いたしましたんで」

「奇妙なことね、お姫様に盗人さんが説明なされましたか。そしたら、お姫様はなんと」

「ほっほっほほ、と笑われましてね、わが屋敷に金子があると思われましたか、と問いただされました」

「大身旗本の屋敷に金子の貯えがあったところで、大商人とは違いましょう。さほど多くはございません」

おりょうが十六歳の折から奉公していた水野家の内所を思い出した表情でいった。

「わっしもそのことを知らないわけではございませんや。ですが、千石ほど加増になれば大名の列に加わる旗本の屋敷ですぜ。だれから聞いたか、加増されて大名の列に加わるより大身旗本のほうが格式や習わしに捉われることがないゆえ懐は豊かと知りましてな、わっしはお姫様の屋敷の蔵の中に千両箱が山積みされているとばかり、推量していたんでさ」

「姫君様は賢いお方ゆえ泥棒さんのそなたに虚言を弄したということはございませんか」

「へえ、ふだんならばそう疑《うたぐ》ります。ですが、お姫様の言葉を聞いてね、真の言葉と気付きました」

おりょうが黙り込んでいる小籐次を見た。

「その屋敷の蔵の中はすっからかんというわけでございますよ。それだけではございません、姫君がなんと二百両で高家《こうけ》に側室に行かなければならぬほどに追い込まれている屋敷だったのでございますよ」

おりょうが茫然とした顔をした。

「子次郎さんは姫君をなんとか救い出そうと考えられたのですか」

「二百両でいいんなら、盗人のわっしが都合つかないことはございませんや。けどね、お姫様を見ていると、盗人風情がおこがましいと思ったんでさ」

「やはり泥棒にもよき盗人と悪しき盗人がおりますね、おまえ様」

とおりょうが小籐次に問うた。

おりょうはすでに小籐次がおよその話は承知していると感じていた。

「おりょう様、わっしはただの盗人ですぜ。そんなわっしだが、お姫様ほど無垢《むく》で清らかな女人に会ったことはございませんや」

「子次郎どの、そなたがわしに研ぎを頼んだ菖蒲正宗の使いみちはなんだな」

小籐次が話を進めた。

「わっしは、お姫様が側室に行った初夜にことがおわったあと、自害なさるのではねえかと思っております。手入れの終わった懐剣を両手で胸に抱えたお姫様の様子を見て、そう推量いたしました」

「さようなことがあっていいわけありません」

と顔色を失ったおりょうが首を横に強く振り言った。そして、小籐次を見て、

「おまえ様は懐剣の手入れをされておる折からそのことを察しておられましたか」

と詰問した。

「詳しくは聞かされておらなんだ。されどなんとのうな、ただ事ではないと察しておった」

「それはなりませぬ」

とおりょうが断言した。

「おりょう、子次郎どのに姫君のことを聞いてみよ。なぜ世間を知らぬ姫君が盗みに入った子次郎どのを信頼したかをな」

「なぜでございます、子次郎さん」

子次郎は沈黙した。長い迷いのあと、

「おりょう様、最前、あれほど無垢で清らかなお姫様はいないとわっしは言いましたな。人間というもの、いえ、おりょう様は赤目小籐次様がどういう人物か、どのようなお人柄か、初対面の折に直感で悟りませんでしたかえ、違いますか」

「はい、仰《おつしや》るとおりです」

と即答したおりょうが、

「私は子次郎さんを見た瞬間、お人柄を察しました。もっともわが君が先に信頼したそなた様です。すでに人物は承知しておりましたよ。そなたと姫君は、深夜の屋敷で初めての対面でしたね。その姫君の言葉を子次郎さんは信じられた」

「へえ、信じました」

「なぜでございましょうね」

「おりょう様、眼でございますよ」

「清らかな瞳をしておられたのですね」

へえ、と応じた子次郎がしばし間をおいて、

「お姫様の両眼は昼間の光を微かに感じる程度にしか見えないのでございますよ」

おりょうの五体が固まった。

三

子次郎は、さらに半刻ほど望外川荘にいて小籐次とおりょうと話し合い、訪ねてきたときより、幾分明るい表情で帰っていった。

子次郎が庭先から船着き場に向かう様子をクロスケとシロがどことなく釈然としない態度で見送った。二匹の犬は、子次郎をどう扱っていいのか、分からないのだ。生き物の勘では、

「怪しい人物」

と考えたようだが主夫婦と昵懇に話し込む様子に、

「このご仁は主の仲間なのか」

と戸惑っていた。

二匹の犬とは違い、おりょうは子次郎を受け入れていた。そのために小籐次と二人だけになったとき、

「おまえ様、どうなさるお心算です」

「うーむ、考えがつかぬな」

「とは申されても眼が見えない十五の姫君を側室に出してよいわけはありません」

「分かっておる」

「中田新八様とおしんさんの力をお借りになりますか」

「うむ、だがその折は、姫君薫子《かおるこ》様の家は取潰しになりかねんな」

と応じた小籐次が、

「しばし考えさせてくれぬか」

と言った。

「はい、それはもう。子次郎さんはおまえ様が最後の砦《とりで》と思うて相談に参られたのです。なんとか助けてあげて下され」

と願った。その言葉に頷いた小籐次に、

「菖蒲正宗にて自害をするような目に遭わせてはなりませぬ」

と日ごろの言動とは違い、おりょうが強い口調で念押しした。

「おりょう、薫子姫が後々幸せに過ごされるには、世間で噂になるようなことがあってはならぬ」

「はい」

「それにしても妙な盗人がいたものよ」

と小籐次がもらした。

「おまえ様と心を許し合う間柄のはずです、子次郎さんはなかなかの人物です」

「盗人は盗人じゃぞ。近藤精兵衛《こんどうせいべえ》どのや岩代壮吾どのの力を借りるわけにはいくまい。わしひとりでは思案に余るがなんとかせねばならん」

「それでこそわが君です」

　小籐次が子次郎に、

「そのほう盗人と自称しておるが手下か仲間はおるか」

　と質した折、

「わっしに屋敷の内情などを調べる仲間はおりますが、盗みはわっし独りで行います」

　と子次郎は言い切った。

「子次郎、そのほう、われらの高尾山行に最後まで密かに従っていたな、その間も鼠小僧次郎吉を名乗って盗みを働いたのは、そのほうの仲間ではないのか」

「仲間ではございません」

　と小籐次の念押しにも子次郎は言った。

「ただし、最前も言いましたが、わっしに手助けをしてくれる人物がひとりおります」

「その者は一味ではないというか」

「堅気の職を持っているご仁でございましてな、わっしが最初に牢に放り込まれた折に知り合いました」

「念押しするが武家屋敷や豪商の家に忍び込み、大金を盗んで貧乏長屋に金を投げ込む所業はなしたことがないと申すか」

「あれはわっしのしくじりにございましたな。確かにあのような行いを始めたのはこの子次郎でございます」

　と小籐次の問いに素直に答え、さらに、

「初めてさような所業をなしたのは二年も前のことでした。わっしは世間の噂にならぬように蔵の中の金子の半分も手を付けず、盗《と》った金子の大半を貧乏長屋に放り込んできました。最初の一年ほどはわっしの独りよがりはうまくいっておりましたがね、なぜかわっしの真似をする輩が出てきましてね、わっしはその噂が流れ始めたんで、そんな所業はぴたりとやめたんでございますよ。わっしの真似をする輩の親玉はなんとなく察しがついております。こやつらは己の所業をわざわざ誇示して、鼠小僧次郎吉なんぞと名乗っておりますが、盗んだ金子の大半は自分ら一味の私利私欲を満たすことに使っていましょう。こちらはお姫様の一件が解決した折にわっしが始末します」

　と言い切った。

「そなたは、己の行いを独りよがりというたが、そなたの真似をしている輩はやり方が違うようだな」

「はい、鼠小僧次郎吉の名を借りた、ただの盗人に過ぎませんや。ましてや、この頭目、入り込んだ分限者《ぶげんしゃ》の商人の家で殺しも働いております。盗人が殺しをやるのは、御法度でございますよ」

　と強い口調で言った。

「子次郎、薫子姫が望む行く末を迎えられるように、わしが手助けしたとせよ。そなたは、それでも殺しも辞さぬ輩の親玉を始末するというか」

「へえ、それがわっしの務めかと思います。なにしろわっしが始めた独りよがりを人殺しも辞さない押込み強盗に変えやがった、ゆるせませんや」

「相分かった。数日時を貸してくれ」

　と子次郎に応じた小籐次だが、どのような手立てで薫子を守れるか考えがつかなかった。

「おまえ様ならば薫子様のためになることを考えて実行してくれましょう。りょうは信じております」

「おりょう、わしを買いかぶるでない」

「買いかぶってはおりませぬ。赤目小籐次ならば必ずや薫子姫を幸せにすることができましょう」

「さあてのう、それにしても薫子姫の一族は三河以来の譜代の臣、千石の加増で大名に取り立てられる大身旗本ではあるが、それほどまでして小大名になりたいかのう」

「酔いどれ小籐次様にはお分かりになりますまいな。大身旗本であればあるほど、大名への出世を願うておられます」

「その大身旗本どのが、頼った相手が高家《こうけ》とは世も末ではないか」

「おまえ様、高家をご存じですか」

子次郎は慎重だった。屋敷の場所も薫子の名も出したが、薫子の親や相手の高家の姓名を話さなかった。

「高家の役目は京の朝廷の勅使の接待をしたり、公方様の使いとして京へ参向したり、朝廷との仲立ちをする他に伊勢や日光に上様の名代として参向したりすることです。ゆえに禄高は少なくても、官位は従五位下侍従と高うございます。浅野内匠頭様の悲劇を思い返しなされ。吉良様との確執で浅野家はお取潰し、内匠頭様は切腹を命じられました。この高家という言葉には『足利氏以来の名家』が意味されておるそうな、ゆえに家柄・格式と役職の二つが備わっているのです」

とおりょうは大身旗本五千余石の大御番頭《おおごばんがしら》水野監物《けんもつ》家に奉公していたとき知ったか、そんな知識を披露した。

「おりょう、困ったのう。わしは官位など縁なき厩番《うまや》、ただ今は研ぎ屋爺じゃぞ。江戸と京とを取り結ぶ高家など関わりなき衆生よ、どうしたものか」

「子次郎さんもそのことで悩んで赤目小籐次に相談なされました。いまや赤目小籐次の名は城中でも知れ渡っております。なにより公方様と私どもは顔見知りなのですよ。高家くらいで驚いていては、酔いどれ小籐次の武名に差し障りがあります」

とおりょうが言い切った。

「ふーん、たしかに今年の花見に城中に招かれ吹上御庭で酒を馳走になったたな。あの場に高家の方々がおられたかのう」

「いいえ、花見は大奥の女衆の楽しみにございますれば、御三家のみならず中奥《なかおく》の重臣方も呼ばれておりますまい」

「老中の青山様はあの場におられたぞ」

「青山様は赤目小籐次と昵懇ゆえ、上様が格別にお呼びになったのです」

「わしのお陰で老中があの場に招かれたというのは真のことか」

「真です。ともかく天下無双の赤目小籐次が高家相手に腰が引けてはなりませぬ。薫子姫のためにもひと肌脱いでくだされ」

とおりょうが小籐次を鼓舞した。


その昼下がりのことだ。

駿太郎の漕ぐ小舟が、お鈴とお夕の二人を伴って戻ってきた。

お鈴は久慈屋からのお持たせものの食べ物や飲み物をあれこれと舟に積んでいた。いつものことだ。

一方、お夕はいつもの望外川荘訪いとは違い、着替えの風呂敷包みを一つ下げていた。

駿太郎はお麻から、

「赤目様とおりょう様の言葉に甘えて二、三日望外川荘に逗留させてください」

と改めて願われた。

いつもより早い望外川荘到着だ。

駿太郎は、おりょうに命じられて二人を連れて弘福寺に行き、和尚の向田瑞願《ずいがん》を今晩の夕餉に誘ったが和尚は遠慮した。さらに長命寺門前の桜餅屋山本屋に立ち寄り、明日お鈴が久慈屋に戻る折に持たせるものと、新兵衛長屋のお麻に届けるものを注文した。

「えっ、駿太郎さん、私がこちらにお世話になるのよ。うちと長屋じゅうに名物の桜餅をお鈴さんに持っていってもらうの」

「父上の思い付きです。このところ新兵衛長屋に父上も私も泊まってませんからね、きっと無沙汰のお詫びだと思います」

と応じた駿太郎は、不意に思い出してさらに百個追加した。

「それはどこへ持っていくの」

とお鈴が尋ねた。

「アサリ河岸の桃井先生のところに持っていこうと思います。こちらは私がお金を出します」

と駿太郎がおりょうから預かってきた財布を出した。

「三か所で二百四十個にもなりますよ、いいの」

「一つ四文でしたよね。二百四十だからいくらだろう」

「あら、駿太郎さん、数には弱いの」

「お鈴さん、見抜かれましたか。数は三ケタになると面倒です、まあ、沢山ですませます」

「呆れた」

とお鈴がいい、お夕が、

「うちはいいのよ」

と遠慮した。

「お夕姉ちゃん、駿太郎はこれでも父の傍らで研ぎ仕事をして包丁一本二十文頂戴している職人ですよ。私の稼いだ金子は、母上が預かってくれています。桃井道場の分の百個は、四文だから四百文ですね。あとで預けた金子から差し引いてもらいます」

そんな問答を聞いていた山本屋のおかみさんが笑い出しながら、

「二百四十個もお買い上げありがとう、駿太郎さん。本来ならば九百六十文だけど、本日はおまけして九百でいいわ」

と言った。そのうえで、

「明日、望外川荘を出立するのは何刻なの」

「六つ（午前六時）では早いですか」

「いいわよ、今晩から仕度をしておくから大丈夫よ、船着き場まで届けさせるわ」

と請け合ってくれた。

「駿太郎さんたら、両手に花ね」

「両手に花ってなんですか」

「こんなに綺麗な娘さんふたりといっしょということよ」

「お夕さんは私が赤ん坊の折から育ててくれた娘御です。駿太郎にとって姉みたいな人なのです。いま、親父様のもとで錺職の修業をしています」

「えっ、女の職人さんなの、しっかり者ね」

「はい、しっかり者の姉上です。そして、こちらは丹波篠山の旅籠《はたご》の娘御で、私たち一家が篠山に旅したとき、お世話になりました。その縁でいっしょに江戸に出てこられたのです」

「丹波篠山って京の向こうじゃない」

「お鈴さんは篠山のお城で行儀見習をしていました。いまは私たちが世話になる紙問屋で奉公しています」

「そうか、二人して駿太郎さんのお姉さんなのね。お鈴さん、こんな遠くの江戸まできて寂しくないの」

「いえ、江戸には従姉も篠山藩の藩邸で奉公していますし、なにより赤目様一家がこうして気遣いしてくれます。ちっとも寂しくありません」

「やっぱり赤目様とおりょう様は、周りを幸せにする夫婦よね」

と山本屋のおかみさんが一分を駿太郎から受け取り、百文を返してくれた。

帰り道、ふたりが、

「駿太郎さん、ありがとう」

と口々に礼を述べた。

「私ども身内のような間柄ですよね、礼など無用です」

「わたし、江戸に出てきてよかった」

とお鈴が正直な気持ちを笑みの顔で漏らした。

「それもこれも山本屋のおかみさんの申されるとおり、赤目様とおりょう様のおかげよ」

三人の声を聞きつけたクロスケとシロが迎えに出てきた。

庭先で一頻《しき》り遊んだ二匹にエサをやった駿太郎が、

「望外川荘に長いこと住みながら知らないところがあったんです。見ますか」

と不意に言い出した。

二人は庭先から茅ぶきの望外川荘を眺めていたが、お夕が、

「大きな座敷が四つあって、一間《けん》の縁側が座敷を取り巻いているわね。それに台所の板の間、その傍らにお梅さんの小部屋、別棟に湯殿と百助さんの住む納屋がある。まだなにかあるの」

と尋ねた。

「あるんです、お夕姉ちゃん。どこだと思う」

「さてどこだろう」

と旅籠屋の娘のお鈴がとくと望外川荘を観察して、

「望外川荘は平屋よね、それにしては茅ぶき屋根は結構な高さがある」

「お鈴さん、すごい。そうなんだ、茅ぶき屋根の下に秘密があったんだ。でも、駿太郎が捜しあてたわけじゃない。こたび高尾山に旅に出ていた間に、百助さんが思い出して母上に相談したんです。屋根裏を片付けてよいかとね」

「えっ、望外川荘に屋根裏部屋があるの」

幾たびも泊まりにきているお夕が驚きの顔をした。

駿太郎はおりょうに財布を返して、桃井道場の分も桜餅を買ったと報告し、

「母上、四百文を私の預けた分から差し引いてください」

と願った。

「おお、それは気づかなかった。よかろう、駿太郎の貯めた金子から四百文を引いてくれ、おりょう」

と小籐次が願った。

「父上、母上、二人を私の隠し部屋に案内します」

と許しを乞うた駿太郎は、玄関から右手の内回廊に向かい、台所へと曲がったところにある箱階段の前へ案内した。

「これ知っているわ。前はお花とか竹細工の籠が飾ってあった」

「お夕姉ちゃん、そうなんだ。うちは長いことこの箱階段は飾り棚だと思っていたんだ。ところが隠された工夫があったんだ」

駿太郎が箱階段の引き出しの取っ手を軽く手前に引いた。すると五寸余の飾り階段と思われた引き出しが七寸ほど手前に延びて一尺二寸幅の階段に変わった。

段々を一つずつ引き出す仕掛けは百助が思い出して教えてくれたのだ。

「気をつけて上がって」

と駿太郎が先に立ち、二人が続いた。箱階段の先の蓋扉を押し開けると、なんと広々とした養蚕部屋のような板の間があらわれた。

「わあっ」

「驚いたわ」

と二人が言い合って息を呑んだ。

広い板の間に採光と通風のために妻側を半切妻に切り下げて窓がつけられていた。ために夏の陽射しが屋根裏部屋に差し込んでいた。

「百助さんに教えられてびっくり仰天したんだ。もうここは駿太郎専用の居場所だよ。ただ、広くても剣術の稽古ができないのが欠点だけどね。一度試してみたら天井から音がして埃が落ちると母上に叱られたんだ」

「私たちも入れてくれないの」

と格子窓から隅田川の上流部、鐘ヶ淵の水辺や過日おりょうが青田を写生した寺島村の広々とした田圃を見たお鈴が言った。

「今日だけだといいたいが、二人には格別に出入りを許してあげるよ」

と駿太郎が答えたとき、

「ほれ、駿太郎、父上が湯に入っていますよ。そなたもいっしょに入りなさい」

とおりょうの声が床板の下から聞こえてきた。

四

いつもお夕とお鈴が望外川荘に泊まるときの賑やかな夕餉になった。お梅を含めて年頃の娘が三人もいるのだ。

望外川荘の秘密の部屋の話題が主だった。高尾山から戻っておりょうに知らされた駿太郎は屋根裏部屋に上がって言葉もないくらいに喜び、百助に礼を述べた。

百助は、

「駿太郎様、長いこと屋根裏部屋のあることを忘れておりましたが、不意に思い出したのですよ。それでおりょう様に断って屋根裏部屋に上がり、何日かかけて雑多なものを片付けて掃除をしておきました。まさかこれほど駿太郎さんが喜ぶとは夢にも考えませんでした」

と答えたものだ。

「駿太郎は背丈を見れば大人だが、歳は十三じゃぞ、この歳の男の子なれば自分だけの秘密の部屋は夢であろう」

「父上も秘密の部屋を持ってましたか」

「駿太郎、わしは大名家下屋敷の厩番の倅ということを忘れたか。下屋敷は殿様が時にお見えになるゆえ秘密の部屋など設えるわけにはいくまい。ところがな、厩の片隅に干し草置場があった。そこへな、板を使って狭い隙間をつくり、隠れ場所にしておったな」

「やっぱり父上も隠れ場所を持っておられたんだ」

「朋輩がきた折は、長細い隙間に友といっしょに並んで寝そべってあれこれと話をしておった」

「おまえ様、その隠れ場所はいまもございましょうか」

「もはやないな」

「飽きたのですか、父上」

「駿太郎、そうではない。夢中で友と話し込んでおるとな、その声を父上に聞かれて二人してえらく叱られ、片付けさせられた。あれはなかなか居心地のよい隠れ場所だったがな、もう一、二年見つからなければと今でも思うことがある」

「お夕さんやお鈴さんは、秘密の隠れ家を持ってませんでしたか」

駿太郎が二人に聞いた。

「うちは久慈屋さんの持ち物である長屋の差配よ。隠し部屋なんて無理ね。いえ、男の子と違うのかな、隠し部屋なんて考えたこともなかったわ」

「そうか、男の子と女の子では考えが違うのか」

駿太郎がお鈴に視線を移した。

「篠山のわが家を駿太郎さんも承知でしょ。旅籠だから、部屋もたくさんあったけど、お客様が泊まる座敷には出入りできなかったの。それにお夕さんといっしょで、隠し部屋なんて考えたこともないな。それよりみんなで中庭に面した縁側で遊ぶほうが楽しかったわ」

とお鈴がいい、お梅が、

「わたしはあります」

と言い出した。

「この界隈は江戸に近くても在所のようなところでしょ。従兄の兵吉さんが裏庭の雑木林の欅《けやき》の木の上に小屋を造ったんです。その木の上の家に上っては、辺りを眺めまわしたり、従兄や遊び仲間とお喋りをしたりして過ごしていましたよ」

「おお、仲間がいたぞ」

と駿太郎が叫んで、

「私も望外川荘の雑木林の木の上に小屋を造りたいと考えたことはありますよ。でも、剣術の稽古が好きになって、いつしか木の上に小屋を造ることは忘れてしまいました。まさか望外川荘にあんな立派な隠し部屋があるなんて考えもしませんでした」

「駿太郎さん、隠し部屋に寝ているの」

とお夕が聞いた。

「もちろんだよ。百助さんに教えられた日から夜具を上げて、寝泊りしています」

と駿太郎が答え、

「わしも一度隠し部屋に邪魔をさせてもらおうか」

と小籐次が言い出した。

「母上はいかがですか」

「あの箱階段を上がると思うと二の足を踏みます。されどあの箱階段の引き出しは便利です。使わせてもらいますよ」

とおりょうが応じた。

「そうだ、本日のお客様の御用は済みましたか」

駿太郎が話題を転じたが、

「その一件か、子次郎どのの話はいささか複雑でな、わしの思案もしばし時がかかりそうじゃ。しばらく知らぬ振りしてみておれ」

と小籐次が話題になることを避けた。

翌朝、駿太郎はお鈴だけを小舟に乗せてアサリ河岸の桃井道場に向かうことにした。お夕はお鈴が久慈屋に戻るので、

「わたしも帰ろうかな」

と呟いた。おりょうが、

「お夕さんはしばらく望外川荘に滞在する約束だったわね。わが亭主から話があるの」

「えっ、話ってなんですか」

「あとでね」

とまず早々に朝餉を食した駿太郎とお鈴を送り出した。

舟に乗るとお鈴が、

「駿太郎さん、赤目様、またなにか厄介ごとを頼まれておられるの」

と聞いた。

「のようですね。おしんさんにも相談できないことかと思います」

「江戸の人々は赤目様を頼りにしているのね」

「どうしてでしょうね。父上は私の祖父といってよい歳です。母上も私ももう少しのんびりと過ごしてもらいたいのですけど」

「駿太郎さん、無理ね。江戸にきて赤目小籐次様が尋常なお方ではないことが分かったわ。駿太郎さんは跡継ぎになるのかしら」

「いつもいうでしょう。父上は父上です、跡継ぎも代替わりもできません」

「そうよね。丹波篠山の人々は赤目様の偉大さが分かっていないわ。わたし、江戸にきて篠山の人たちが井の中の蛙だって分かったの。国家老様だって、赤目様が公方様の花見に呼ばれるなんて信じられないわね」

「父上は年寄りのうえにただの研ぎ屋なんですよ。公方様とお会いできるなんて不思議ですよね」

「駿太郎さん」

とお鈴が駿太郎を見た。

「駿太郎さんも公方様に御目見したことがあるのでしょ」

「ああ、忘れていました。白書院というところで父上と剣術を披露させて頂きました」

「駿太郎さん、あなたは赤目小籐次様と血はつながってない。だけど、やはり赤目小籐次様の跡継ぎは駿太郎さんしかいないわ」

とお鈴が言い切った。

アサリ河岸の桃井道場の船着き場にお鈴を乗せたまま小舟を寄せた。というのもお鈴が少しだけでも桃井道場の稽古風景が見たいと希望し、

「わたし、ここからならお店に歩いて帰れるもの」

「道場に娘が入ってよいかどうか、桃井先生にお尋ねしてみます。お許しを得たらそう伝えます。小舟で待っていてください」

と駿太郎が河岸道へ石段を駆け上がると、ちょうど桃井春蔵が道場に入ろうとしていた。

「先生、お尋ねしたいことがございます」

「なんだ、駿太郎。父御になにかあったか」

「父は須崎村に残りました。久慈屋の奉公人の女衆のお鈴さんが稽古を拝見したいというておりま す。お鈴さんは、老中青山様の篠山城に行儀見習に出ていた女衆でございまして、昨日よりうちに泊まっておりました」

「久慈屋の奉公人で、老中青山様の篠山城に奉公に出ていた女子《おなご》か。うちのような道場を見たいという女子は珍しいのう。さすがは赤目様の知り合いじゃな」

と応じた春蔵が、

「よいよい」

というところに岩代壮吾が年少組の五人といっしょにお鈴を連れてきた。お鈴は困った顔をしていたが壮吾が、

「先生、われら、高尾山行の折、お鈴さんには世話になりました。稽古を見るくらいよろしいですよね」

「いま、駿太郎に許しを与えたところだ。なんだ、そのほうら、師の言葉も聞かずにお鈴とやらを伴って参ったか」

「いけませんでしたか」

「壮吾、師であるそれがしをないがしろにしておらぬか」

「ならばお断わりになりますか」

「だれが断わるというた。壮吾、そのほうも駿太郎を見倣え。ちゃんと許しを得に参ったのだぞ」

「おお、しまった。それがしが早とちりをしてしまったか」

と壮吾が言ったが、さほどこたえた風はない。

年少組の背後でお鈴が長命寺門前山本屋の桜餅の包みを抱えてもじもじしていた。

「壮吾、そのほう、お鈴が老中青山下野守《しもつけのかみ》様の国許の篠山城に行儀見習で奉公に出ていたことを承知か」

「えっ、お鈴さんは篠山城に奉公に出ておられましたか。それはそれがし存じませんでした。師匠、老中に縁のある女衆の道場見学を断わるなどできましょうか」

「まあ、できぬな。なにより赤目小籐次どのと昵懇の女子衆じゃ、上がれ上がれ」

と師匠の桃井春蔵が許した。

「おおー、お鈴さんは桜餅持参じゃぞ」

と歓声を上げたのは年少組の五人だ。

「よいか、そのほうら、だらだらした稽古を見せると久慈屋には出入りさせてもらえぬぞ」

と師匠に言われた祥次郎が、

「よし、本日の最初の稽古相手は駿太郎さんといたす」

と宣言した。

「おい、祥次郎、本気か」

と兄の壮吾が弟に質した。

「なに、兄者が駿太郎さんと稽古がしたいのか。残念だが譲ろう」

とあっさり答えた。祥次郎の言葉を一同が、

（本気か冗談か）

と疑っていたが、

「祥次郎、そなたをはじめ、年少組全員にはあとでたっぷり稽古をつけてやる」

との壮吾の言葉に、

「ああー」

と悲鳴が上がった。

いささかがっくりとした年少組が道場に入っていった。その場に残ったのは桃

井春蔵と岩代壮吾に駿太郎にお鈴だ。そのお鈴が駿太郎を見て、

「わたし、大変なことをお願いしてしまったわ、道場の稽古に邪魔だったわね」

と困惑の体で言った。

「お鈴さん、桃井先生がお許しになったのだ。それにこちらの鏡心明智流桃井道場の門弟は、江戸町奉行所の与力・同心が多くてな、他の道場と違い、堅苦しくはないぞ。皆がお鈴さんの見物と桜餅で張り切ろう」

と駿太郎の代わりに壮吾が答えた。

「ふっふっふ」

と桃井春蔵が笑った。

「お鈴さん、岩代様に従って道場に通ってください。私は稽古着に替えてきます」

と駿太郎は控え部屋に向かった。

稽古着姿の駿太郎が道場に入ると、壮吾が祥次郎に稽古をつけていた。

「あ、いた」

と叫んだ祥次郎が、

「兄者がなんだ」

と叫んで壮吾に打ちかかっていった。

高尾山の旅の前ならばすぐに逃げ回っていた祥次郎が食い下がっていた。他の年少組もそんな兄弟の稽古を見ているのではなく、二組に分かれて打ち合い稽古に没頭していた。

しばし壮吾が弟の稽古をつける光景を見ていた駿太郎が、

「岩代様、ご指導お願いします」

祥次郎が限界にきていることを察して願った。

「よし、祥次郎、止めよ」

「いや、兄者から一本とる」

と祥次郎が抗った。

「まだ続ける気か、本気を出すぞ」

「本気を出すのはいいが、駿太郎さんと稽古したあとでだ」

と言い放った祥次郎が駿太郎と交代した。

桃井道場の名物、岩代壮吾と赤目駿太郎の丁々発止の打ち合いが始まった。

お鈴は、駿太郎が全力を出し切って稽古をする様を目を丸くして見守った。

「夕、ちとそなたに教えてほしいことがある」

朝餉の後片付けの手伝いを終えたお夕は小籐次に呼ばれた。

庭が見渡せる縁側だ。同席したのはおりょう一人だ。

「なんでございましょう」

「桂三郎さんのことだ。すでにそなたの師匠は名人上手と評価されていることをわしも承知しておる。その桂三郎さんが売れ筋の品ばかりを造らされていることも承知だ。娘であり、弟子でもある夕はこのことをどう考えるな」

小籐次の問いにお夕はしばし沈黙して考え込んだ。

「おお、いうのを忘れておった。わしは錺ものが分かるわけもない、この問いは赤目小籐次の節介と思え」

その言葉に頷いたお夕が、

「お父つぁんは疲れております。赤目様の申されるとおり同じ品ばかりの注文です。出来ることならば、わたしはお父つぁんに創意工夫した錺を造ってほしいのです。でも、長いこと世話になったお店の注文を断われないのです」

「わしが念押ししたのはそこだ。桂三郎さんは名人気質の職人だからお店との交渉事は苦手とみえるな」

「はい。そのとおりです。お金はお店の言いなりになっていれば入ってきます。でも、お父つぁんは胸のなかで不満を募らせていると思います」

お夕の言葉に大きく頷いた。

「夕、桂三郎さんの願いは、夢はなんだと思うな」

お夕がふたたび沈黙した。

小籐次は急かせることなくただお夕が口を開くのを待った。

「お父つぁんがおっ母さんと口喧嘩をしているのを聞いたことがあります。おっ母さんは、『もう十分にお店には忠義を尽くしたわ。好きなものを造らせてくれと、言えないの』というのに、『お麻、世話になったお店から手を引けというか。手間賃だって入ってこなくなるぞ』と言い返しておりました」

「そうか、お麻さんもそう考えておられるか」

「ですが、お父つぁんはお店を離れるのが怖いのだと思います」

「付き合いのあるお店から手を引いたとしたら、お店は桂三郎さんが自作の品を売ることを邪魔するというか」

「お父つぁんが品を卸している小間物屋は二軒、どちらも江戸では大店です。一軒は許してくれるかもしれません。でも、もう一軒は」

とお夕は途中で口を噤《つぐ》んだ。

小籐次も沈思した。

「夕、節介というのはこれから先のことだ。聞いてくれるか」

「赤目様が二軒のお店に話をつけると申されますか」

「余計なことだ。桂三郎さんは嫌がられるであろうか」

「いえ、赤目小籐次様がなさることにお父つぁんが抗うことなどありません。赤目様のことを父親のように慕っておりますから」

「よし、ならば近々わしの倅の桂三郎さんと話し合いたいがよいか」

「お願い申します」

とお夕が頭を下げた。

「おまえ様、話し合いの場でございますが、桂三郎さんとお麻さんをいっしょにうちにお招きになりませんか。新兵衛さんの面倒はお夕さんと長屋の方々にしばし願ってご夫婦とそっくりと望外川荘で話し合いいたしませぬか」

「おお、そのほうが邪魔が入らんでよいな」

新兵衛長屋には版木職人勝五郎が住み、読売屋の空蔵が出入りしていた。そのことを小籐次も気にした。

「いつがよいと思う、おりょう」

「善は急げと申します」

「よし、夕、そなたが新兵衛長屋に戻る折に桂三郎さんとお麻さんに宛てたわしの文を持たせる。文を読んで桂三郎さんがわしと話し合いたいならば、いつなりともこの須崎村にお出でなされというてくれぬか」

「赤目様、ありがとうございます」

と礼を述べるお夕の顔が和んでいた。

小籐次は、おりょうの傍らで文を認めていたが、ふと思いついて、

「おりょう、この話、久慈屋の助けがいる。わしはこれから訪ねてみようと思うがどうか」

と考えを聞いた。

「いかにも新兵衛長屋の持ち主は久慈屋さんでございました」

とおりょうが賛意を示した。

小籐次は腰に次直《つぐなお》の一剣を帯びた形《なり》で、竹屋ノ渡しで向こう岸に参り、山谷堀の船宿で猪牙舟を拾って芝口橋の久慈屋に向かった。

駿太郎が朝稽古を終わり、深川の蛤町裏河岸で研ぎ場を設えている時分だ。

「おや、珍しい刻限に赤目様はお独りでお出でになりましたな」

と観右衛門がいい、

「昌右衛門様、大番頭どの、ちと相談がござってな」

と願うと直ぐに店座敷に通された。

「最前、お鈴が望外川荘から、お持たせものへのお礼だと言って奉公人の分まで長命寺の桜餅を抱えて戻ってまいりました。八つどき(午後二時)にみんなに出すつもりです」

と大番頭の観右衛門が礼を述べた。

「なんの、気持ちばかりでござる」

と小籐次が応じるところに、お鈴が客というので茶を運んできた。客は今朝がたまで望外川荘にいた小籐次だったので、声をかけるべきかと思ったが、真剣な話し合いの様子に茶を供するとお鈴は黙って下がった。

久慈屋の主従は小籐次の話を聞くと、

「うーむ」

と観右衛門がうなり、昌右衛門は、

「赤目様、うちは桂三郎さんがどのような決断をしようと助勢いたします」

と言い切った。

第三章　桂三郎の驚き

一

駿太郎が深川蛤町裏河岸で大勢の客に囲まれていた。研ぎの注文より、

「なぜ酔いどれ小籐次の旦那はこの界隈に姿を見せないかね、わっしらに愛想を尽かしてのことか」

という竹藪蕎麦の美造親方の問いが真っ先に駿太郎に飛んできた。

「親方、違います。まず久慈屋さんの御用で父が高尾山薬王院に行ったのはご存じですよね」

「おお、駿太郎さんも桃井道場の仲間も引き連れていったんだったな」

「は、はい。それがだいぶ予定より長く滞在することになったのです」

「そりゃ、旅慣れねえ子どもを連れていけば、あれこれおこるよな。なにがあった」

「親方、桃井道場の朋輩は格別旅に差し障りのあることはしていません。元気に私ども親子と戻ってきました」

「久慈屋の主従もいっしょか」

「いえ、昌右衛門様と見習番頭の国三さんは車力の親方らとひと足先に江戸に戻られました」

「ふーむ、なぜいっしょに行った酔いどれ様方が久慈屋一行と帰ってこねえ」

美造の追及は止まなかった。

「親方、そう駿太郎さんを問い詰めないで」

うづが間に入った。

「うづさんよ、酔いどれ様に遊んでいる暇はねえ、それが久慈屋の用事が終ったのに高尾山に残るというのがおかしいじゃねえか。おれが知りたいのはそこよ」

「おまえさん、そりゃ、赤目様方の都合ってもんがあろうじゃないか」

竹藪蕎麦のおかみさんのおはるがさらに問答に加わった。板橋の上に大勢の人間がいて、いつこの問答に入ろうかと手ぐすね引いて待っていた。

「おはる、黙ってろ。おりゃ、赤目小籐次があちらに残った曰《いわ》くと、この界隈の研ぎ仕事に姿を見せないことが関わりあると思ってんだよ。そのあたりを駿太郎さんに教えてほしいんだよ。得心すれば、おりゃ、黙るよ」

と美造が言い切った。

みんなの注目が駿太郎に集まった。

「父上はさる御屋敷の女衆から菖蒲正宗という名の懐剣の研ぎを頼まれていたのです」

「なんだ、かいけんって。包丁か」

「いいえ、小さ刀、懐 刀《ふところがたな》とも呼ばれる刃渡り五寸一分の護刀《まもりがたな》です」

「なにっ、五寸一分だ、うちの包丁より小さくねえか。そんな研ぎは酔いどれ様ならよ、ちょちょいのちょいで四半刻で研げるじゃないか」

「親方、駿太郎さんはさる御屋敷の女衆といわなかったかえ。親方の蕎麦包丁とはいっしょにならないと思わないかね」

と出刃包丁を手にした女が言った。

「はい、菖蒲正宗と呼ばれる懐剣は、五百年前の名人五郎正宗が鍛えた護刀で、父上は、その研ぎの注文を受けてから長いこと研ぎ方に迷っておられました。そんな折、父上は私のこの孫六兼元を研いだのが高尾山の琵琶滝だと思い出して、菖蒲正宗もそちらで研ぐことになったんです」

駿太郎が船中の足元に置いた孫六兼元の鞘に触れた。

「それで遅くなったか」

「はい、私ども桃井道場の年少組の門弟は、ひたすら裏高尾の山々を走り回って足腰を鍛え、父上の研ぎが終るのを待っておりました。私どもが山で出会ったのは野猿の群れが多かったです、親方」

「な、なに、野猿だって」

いささか事実とは異なる駿太郎の返答は想像した話と違ったか、美造が黙り込み、

「おまえさん、駿太郎さんの説明を聞いてもまだ得心がいかないかえ」

とおはるに質されて、

「高尾山には野猿の群れしかいないか。で、酔いどれ様はなんとかいう懐剣を研ぎあげたんだな」

「はい」

「ほんとだよな、駿太郎さんよ」

「もし私の返答が疑わしいならば、高尾山に残られた年少組の束ね役、北町奉行所の見習与力岩代壮吾様にお尋ねになってはいかがでしょう」

「町奉行所の見習与力だと、そんな野郎も久慈屋の道中に従ったのか」

「はい、私ども年少組の兄弟子です」

「駿太郎さんよ、冗談はよしてくんな。見習だろうが与力は陣笠かぶって威張りくさった役人だよな。そんな役人に蕎麦屋の主があれこれと注文つけられるか」

「岩代様は、話の分かるお方です」

「おりゃ、町奉行所の与力はご免だ。だがよ、酔いどれ様の用事は済んだんだよな。こっちに面《つら》を出しても損はあるめえが」

と美造は追及の手を変えた。

「本日、須崎村にお客様が参られるそうです。朝早くアサリ河岸の桃井道場に伺いましたので、そのお方がだれか私は知りません」

「また新たな厄介ごとを持ち込まれるか」

「それはなんとも」

「おまえさん、大概にしないか。駿太郎さんの仕事の邪魔だよ」

おはるに言われた美造が首をひねりひねり、ようやく駿太郎の小舟の前からどいた。

駿太郎はこの界隈の裏長屋のおかみさん連の持ち込んだ出刃包丁や菜切包丁をせっせと研いだ。なんとか研ぎ終えたとき、

「駿太郎さん、研いだ包丁を貸して、わたしがみんなに届けるわ」

と弟角吉《かどきち》の野菜舟に座っていたうづが言った。

「研ぎ代は明日でいいわね」

「ありがとう、うづさん。お礼に、明日は長命寺の桜餅を買ってきます」

「えっ、そんな気をつかうことはないのよ」

そんなことを話している最中、なんと噂の小籐次が久慈屋の見習番頭の国三の漕ぐ舟で蛤町裏河岸に姿を見せた。

「父上、どうなされたのです」

「ちと思いつくことがあってな、久慈屋を訪ねたのだ」

駿太郎は父の言葉に、

（ああ、桂三郎さんのことだ）

と推測した。

「赤目様、駿太郎さんたらさっきまで竹藪蕎麦の親方に問い詰められていたの

よ」

「わしがこらちに姿を見せぬというてか」

「そういうこと」

「ならばせめて美造親方に詫びてこようか」

と小籐次が国三の小舟を下りて板橋を渡っていった。

「国三さん、おめでとうございます。番頭さんに出世なさったそうですね」

とうづが国三に祝いの言葉を述べた。

「うづさん、ありがとうございます。番頭といっても見習の二文字がついた半人前の奉公人です。早く番頭になれるように仕事に精を出します」

「国三さんならば、今年のうちにも見習はとれるわ」

うづが確信をもって言い切り、

「私もそう思います」

と駿太郎が賛意を示し、

「番頭さんか、いいな。おれなんか死ぬまでこの界隈のおかみさん相手に野菜を売って生きていくだけでさ、野菜舟に屋号なんてないもんな」

と角吉がぼやいた。

「角吉、おまえには他になにの才があるの」

「この歳から職人の修業には出られそうにないし、お店の小僧奉公も難しいよな。駿太郎さんのように剣術はできないし」

「そんな考えだから一人前の野菜売りにだってなれないの。この界隈のおかみさん連が野菜を買ってくれることがどれだけうれしいことか、分かるまで未だダメね」

「半人前の野菜売り、帰ります」

と姉の言葉を受け止めた角吉が小舟の舫《もや》い綱を解き、

「駿太郎さん、明日もくるよね」

と質した。

「きっと参ります。今ごろ父上は親方から厳しい文句を聞かされていると思います」

「でも、おれの勘じゃな、当分駿太郎さん独りでここに研ぎ舟をつけるぞ」

と言い残した角吉が平井村へと戻っていった。

板橋にうづと駿太郎と国三が残され、駿太郎が国三を見た。

「角吉さんの言葉、あたっているような気がします」

と国三が言った。

「赤目様は年々他人様《ひと》からの頼まれごとが増えていくわね。どういうことなの、駿太郎さん」

うづの問いに駿太郎は首をひねり、

「父上は他人様のために働く、損な性分なのかもしれませんね」

「損な性分にもほどがあるわ」

「うづさん、昔を思い出してください。わたしもうづさんも赤目小籐次様に助けられてただ今があるのではありませんか」

と国三が二人の問答に口を挟んだ。

「ああ、思いだしたわ。わたしたち、美造親方のことなにもいえないわね」

国三は小僧の折、芝居好きが高じてしくじり、久慈屋の本家のある常陸《ひたち》西野内村に紙づくりの修業にいかされて、三年の厳しい歳月のあと、久慈屋に戻されたことがあった。

雌伏の歳月、小籐次は国三の後悔と成長を黙って見つめ続けていてくれた。そんな小籐次の信頼を裏切るまいと西野内村で頑張ったのだ。そして、国三が江戸に戻ることになった背景にも小籐次の助言があったと信じていた。うづは博奕《ばくち》好きの父親の起こした騒ぎを小籐次に鎮めてもらったことがあり、さらには自分と太郎吉が所帯を持つ折にも世話になっていた。

「赤目様を頼りになされるお方は城中のおえら方からわたしども下々の者まで数多おられます。駿太郎さんがいわれるとおり、性分、いえ、生きがいと考えるしかございますまい」

と国三が応じたとき、小籐次の姿が河岸道に見えた。

「父上、親方に叱られましたか」

と駿太郎が問うた。

「叱られはしなんだが、『おまえ様もよい歳なんだ、他人様のために汗を流すのは大概にしないか』と忠言されたな」

「で、父上はなんと答えられました」

研ぎ舟に小籐次を乗せた駿太郎は、大川河口で国三の舟と左右に分かれて大川を遡上し始めていた。

「なんと答えていいか、言葉が浮かばなかったわ」

駿太郎の笑みの顔を見た小籐次が、

「おかしいか」

と血のつながりのない息子に問うた。

駿太郎はしばし間をおいて考えたのち、

「父上はこれまで数多の騒ぎに関わってこられました。その最初は森藩藩主久留《く る》島通嘉《しまみちひろ》様の恥辱を雪《すす》ぐことでしたね。父上はつねに他人様のために命を張って汗を流されてきたのです。美造親方の忠言はあたっています。父上は重々そのことを承知です、されど、今さら治るとは思いません。こたびも桂三郎さんのお仕事のことで動いておられますよね」

「呆れたか」

「いえ、父上は桂三郎さんの胸のうちを読んで、久慈屋さんと相談なされたのでございますよね」

「おお、察しておったか」

「父上は久慈屋さんから相談があったのをきっかけに桂三郎さんの悩みに気付かれました。でも、身内のような間柄だけにどうしてよいか迷っておられた。お夕姉ちゃんは師匠でもある父の桂三郎さんの悩みをだれよりも先に察していたので、父上との話し合いに応じられたのではありませんか。どちらにしてもそれが父上の生きがいです。父上が身罷られるときまで他人様のために働かれることを駿太郎は望みます」

「駿太郎、わしがさような戦いの果てに斃《たお》れた折、そなたがわしの骨を拾ってくれるか」

「畏《かしこ》まりました」

小籐次の問いに駿太郎が潔く答えた。

「なにやら勇気が湧いてきたわ」

「われらは親子です」

と駿太郎が言い切った。


翌日、桃井道場での稽古を休んだ駿太郎は、お夕を新兵衛長屋に届けた。そのお夕の手には小籐次の文があった。

「お夕姉ちゃん、私たちは身内です。どんなことが起ころうとも一緒に生きていくのですからね」

との言葉にお夕が頷いた。その背を見送った駿太郎は小舟を回して堀留から御堀へ、そして、深川蛤町裏河岸に舳先《へさき》を向けた。いつもの場所に研ぎ場を設けていると、角吉の野菜舟が直ぐに姿を見せて、

「ほらね、駿太郎さん、やっぱり独りだろ」

と言った。

「角吉さんの推量があたりました」

「まあ、赤目小籐次様のあの癖は治らないよな」

「治りませんね」

と駿太郎が答えると、

「駿太郎さん、親父様と話したようだな。赤目様はなんと答えたな」

「いくら角吉さんでも父の言葉は伝えられません」

「ふーん、察しはつくがな」

と応じた野菜舟に客の女衆が集まってきて、なかには駿太郎に、

「親父さんはあてにならないやね。駿太郎さん、あんたがたよりだよ、うちの包丁を研いでおくれでないか」

と頼んでいく客もいた。

角吉も駿太郎も己の仕事を始めた。

四つ(午前十時)の刻限、国三の漕ぐ舟に乗って桂三郎とお麻の夫婦が緊張の

顔で望外川荘を訪れた。国三は二人に、

「私はこちらで待たせて頂きます。どうかごゆっくりと赤目様とお話をなさって下さい」

と言うと船着き場に下ろした。そこへお梅とクロスケとシロが珍しい客を迎えに出てきた。

「どうぞこちらへ」

お梅の案内をうけた桂三郎とお麻は、夫婦いっしょに初めて望外川荘を訪れるのだ。

茶室の不酔庵《ふすいあん》の傍らをぬけて広々とした庭の向こうに望外川荘を望んだ夫婦は、その景色に茫然自失した。新兵衛長屋の九尺二間で暮らしていた小籐次の住まいとは信じられなかった。

「おお、桂三郎さん、お麻さん、よう参られたな」

と縁側から小籐次が声をかけ、

「お二人の都合も聞かずお呼び立てして相すまん」

と言い添えた。

「いえ、じい様の面倒はわたしが見るから、望外川荘にて赤目様に会ってとお夕に願われたんです。赤目様の文を読ませていただき、その上久慈屋さんの舟に乗せていただいて訪ねて参りました」

とお麻が応じた。

今朝がた、娘から小籐次の文を渡された桂三郎とお麻は顔を見合わせ、桂三郎が急ぎ文を読んで黙り込んだ。

「おまえさん、なにが書いてあるの」

お麻の問いに桂三郎が黙ったまま文を渡した。そこへ国三が舟を堀留に寄せてきた。もはや夫婦は、小籐次の文に従うしかなかった。

望外川荘の座敷で二組の夫婦が対面した。

「桂三郎さん、お麻さん、わしのお節介じゃ。長年の付き合いに免じて許してくれぬか」

「文には詳しいことは会ってからとございましたが、私の仕事のことでございますか」

頷いた小籐次が、

「桂三郎さんの品を注文する小間物屋のたちばな屋は本石町十軒店であったな。主は橘屋喜左衛門、番頭は代蔵さんであったか」

いきなり用件に入った。

「いえ、かつて赤目様が承知の大番頭は代蔵さんと申されましたが隠居されて、ただ今は草蔵さんがたちばな屋の大番頭です。そして、もう一軒、山城屋にも出入りしていますが、それがなにか」

「桂三郎さん、たちばな屋とは長い付き合いじゃな。にも拘《かかわ》らずたちばな屋は近ごろそなたの願いを聞こうとはせず、売れ筋の品のみを繰り返して注文しておるそうな。違うかな」

「お夕が訴えましたか」

「いや、勘違いをせんでほしい。夕はかような話をする娘ではない。わしが問いただしたゆえに日頃考えていたことを少しばかり口にしてくれた」

小籐次の言葉でお麻はすべてを悟った表情を見せた。だが、桂三郎の顔には憂いとも怒りともつかぬ感情が漂って、それを必死で抑えていた。

「わしが新兵衛長屋に世話になり、長い歳月が過ぎたわ。もはやわれらは身内というてもよかろう。違うか、桂三郎さん」

「は、はい」

と桂三郎がようやく応じた。

「歳からいえば桂三郎さん、わしはそなたの親というてもよかろう。その親のお節介を受けてくれぬか」

桂三郎が複雑な感情を押し殺してお麻を見た。するとお麻が黙って頷いた。

小籐次の長い話が始まった。

最初桂三郎は沈黙したまま小籐次の話を聞いていたが、

（さようなことができようか）

といった疑いの眼差しになり、やがては、

（そんなことができるのならば）

との期待が顔に現れたり、不安の顔に戻ったりした。

「桂三郎さん、そなたはもはや錺職では名人上手の域に達しておる。これはわしだけの考えではない、世間が承知のことだ。そなた、たちばな屋にはもはや十分礼を済ませておる。にもかかわらずたちばな屋がそなたの望みを聞き入れたかな、どうじゃな。そなたが造りたい品物を快く許しておるかな」

小籐次の問いに長いこと瞑目して考えていた桂三郎が首を横に振った。

二

数日後、小籐次は桂三郎を伴い、本石町十軒店の小間物屋たちばな屋をふらりと訪ねた。

「いらっしゃい」

と迎えた手代が疲れ切った顔をした桂三郎をちらりと見て、傍らに従う小籐次を何者かと訝《いぶか》るような顔をした。

小籐次はこの日、おりょうが用意した白地の縞木綿の小袖と筒袴に陽射しをさけて破《や》れ笠をかぶっていた。御家人か、小身旗本の隠居と見えなくもない。

手代は小籐次が桂三郎の連れとは違うと判断したようで、

「道をお尋ねですか」

と小籐次に尋ねた。

「いや、わしは道を聞きにきた者ではない」

と応じた小籐次はたちばな屋の店内を見回した。

どれも値が張りそうな品ばかりだ。簪、笄《こうがい》、板紅、扇子、小刀、つげ櫛、煙草入れ、煙管など細工のよい逸品が並んでいた。

小籐次の眼は懐剣にいった。五郎正宗の懐剣に縁があったゆえ、どうしてもそこへ視線が向けられた。

「小さ刀に関心がございますか。相模の刀鍛冶の作刀でございましてな、柄《つか》の鎊もなかなかの品、いささか値がはります」

と手代に代わって番頭が対応した。こちらも桂三郎と小籐次が連れとは考えなかったようだ。

「であろうな」

と応じた小籐次だが、女物の護刀としてはいささか派手な拵《こしら》えだった。

「手が出ぬな」

と漏らした小籐次は、

「旦那の喜左衛門さんにお目にかかりたいのじゃが」

と願った。

「はっ」

「わしは桂三郎さんの連れでな」

桂三郎はたちばな屋に入って以来、緊張の極みにあって一言も口を利かなかっ

た。そのうえ小籐次に、

「応対はわしに任せよ」

との注意を受けてもいた。

「えっ、桂三郎さんのお連れでしたか。旦那様とはお約束でございますか」

「いや、約定はない」

「それはいささか」

「ならば大番頭の草蔵さんはどうかのう」

「お客さん、どなたです」

「おお、すまなんだ。名乗りもしなかったか。赤目小籐次と申す」

と応じた途端、番頭と手代の二人が、

「ひえっ」

と悲鳴を上げた。

「よ、酔いどれ小籐次様でございますか」

「世間ではそう呼ばれるらしいのう」

「大番頭さん、桂三郎さんの付き添いで赤目小籐次様のご入来です」

と手代が叫んだ。

眼鏡をかけた草蔵が奥から出てきて小籐次を見た。

「おお、赤目様ですな、無沙汰をしております」

ともみ手をしながら桂三郎に視線をやった。

小籐次は草蔵といささか縁もあり、

「貸し」

もなくはない。

「草蔵さんや、本日は桂三郎さんの付き添いで相談に参った」

小籐次の言葉で草蔵はなんとなく用件を察したようで、

「奥へお通りくだされ」

二人を店の傍らの狭い三和土《たたき》廊下から内玄関へと案内した。

さほど広くもない中庭を望む座敷に小籐次と桂三郎を通した草蔵が旦那の喜左衛門を呼びに奥へ向かった。

桂三郎がもぞもぞと正座をして腰を落ち着けた。

「桂三郎さん、本日はこの爺に任せなされ。決してそなたが口を利いてはならぬ。すべてわしが話すでな」

「は、はい」

こちらに来る道中幾たびも注意したことを小籐次は念押しして繰り返した。桂三郎は緊張の顔でこくりと頷いた。

「赤目小籐次様のご入来ですと」

と言いながら喜左衛門が草蔵と姿を見せて、

「天下の武人、赤目小籐次様がうちの出入りの職人の付き添いとはどういうことでございましょうな」

警戒の様子で小籐次を正視した。

「主どの、いささか相談があってな、桂三郎さんに同道した」

「おや、桂三郎はうちとは長い付き合い、赤目様の付き添いなど要らぬ間柄ですがな」

「いかにもさよう」

と小籐次が応じるところに女衆が茶を供した。その間、問答が中断し、女衆が早々に引き下がった。

「主どの、長い付き合いなれば桂三郎さんの気性も人柄もとくと承知しておられような」

「むろん承知です。旦那様も申されましたが、付き添いなど要らぬ付き合いです」

と草蔵が口を挟んだ。

小籐次がじろりと草蔵を見た。

「ならば大番頭どの、桂三郎さんへの注文がほぼ売れ筋の同じ品ばかりになっていることも承知しておりますな」

「ええ、桂三郎さんはうちの仕事で腕を上げて、今や売れっ子の錺職人ですからな」

「この一年ほどの間に錺職人の桂三郎さんがそなたになにか願ったことはございませんかな、草蔵さん」

「願ったことですか」

草蔵が俯きかげんの桂三郎を見てしばらく考えていたが、

「はて、なんでございましょうな」

と思いつかぬ様子だった。

「最前のわしの言葉を聞いておらなんだか」

「えっ、ああー、なにか以前のように簪などを造りたいと願ったことはございますがな、客の注文は売れ筋の品が多うございましてな。また簪などに手を染めたいならば、うちの出入りを辞めてからにしなされと、お断わりしてございます」

「ご当人は職人気質ゆえ、世間の評価など気にもしておりますまい。されどわしが聞き及んだところによると、鋳職の桂三郎の細工は名人上手との評が世間では定まっておるとか」

「ああ、分かりましたぞ。赤目様を伴ってきた曰くがな」

　と草蔵が言った。

「桂三郎さんの手間賃を上げろという要望ですかな」

　草蔵の言葉に小籐次の眼光が険しく光り、睨んだ。

　草蔵の顔が真っ青に変わった。

「長い付き合いの職人がなにを願っておるか、大番頭、そのほう全くなにも考えておらぬな。桂三郎さんが手間賃の値上げを願って、この赤目小籐次を伴ったと思うてか」

　静かな口調ながら小籐次の言葉はさらに草蔵の身を竦ませた。

　小籐次が大番頭から主へと視線を移した。

「主どのは最前出入りの職人と桂三郎さんのことを申されましたな。こちらに世話になり何年になりましょうな」

「さあて、わたしは職人が何年出入りしておるかなど一々把握しておりませんでな」

「ならば上客に桂三郎さんの細工した品をいくらで売り渡すかも承知しておらぬと申されますかな」

「いや、それは」

「こちらに出入りを許されて二十有余年こつこつと丁寧な仕事をした結果、桂三郎さんの造る品がそれなりの金子にて売れておることをこの赤目小籐次承知しておる。されど手間賃の値上げを願いにこちらに参ったのではない」

「では、なんのために赤目様が出馬なされましたので」

喜左衛門の顔も引きつっていた。

小籐次はしばし無言を貫いた。すでに茶は冷めていたがだれも手にする者はいなかった。

「主どの、過日、桂三郎さんがこちらに簪などの品を昔のように造らせてくれませぬかと願った際大番頭がにべもなく断わり、『近ごろ名人上手などと世間に評されて増長したか』と店先で怒鳴りつけた一件を承知であろうな」

「さて、それは」

「ご存じないと申されるか。桂三郎さんはその折、ならば出入りを解いてほしいとも願ったそうな。その返答はこちらにおられる大番頭に尋ねなされ」

旦那が大番頭を見た。二人して桂三郎をどうあしらったか承知している眼差しだった。

「本日は、こちらの出入りを解いてもらう挨拶に出向いて参った」

小籐次の言葉になにかいいかけた喜左衛門は言葉を飲み込んだ。

「こちらに出入りを許されて二十二年と六月《むつき》、すでにお礼は十分に済ませているとわしは見た。またただ今の桂三郎さんの造る品の手間賃を知らんではない。そなたらが桂三郎さんを名人上手として遇しておるとも思われぬ」

「そ、それは」

と喜左衛門が勇気を出して桂三郎を見て、

「桂三郎、そなた、このことを赤目小籐次様に願ったか」

と非難の眼で睨んだ。

「旦那様、私の気持ちは、こちらのお店でしか口に出したことはございません」

「ならばどうして」

「この赤目小籐次が知ったかと問うか。桂三郎さんと娘の夕がどのような気持ちでこの一年ほどを過ごしてきたか、そなたら主従は、考えたことがあるかな。芝口橋界隈の住人すら承知のことであるに、職人が悩んでいることに、そなたら主従は察しがつかず金儲けだけに走っておる。そうは思わぬか、たちばな屋」

小籐次の言葉は主従の肝を剣で貫くほどに厳しかった。

青い顔をした主従はもはや抗弁する言葉を持たなかった。

喜左衛門が瞑目した。

草蔵は顔を下に向けて震えていた。

「今後、桂三郎さんの造る品がこのお店に納められることはない。よいな、主どの、大番頭さん」

桂三郎がなにかいいかけて小籐次を見た。

「桂三郎さん、なんぞ注文があるか」

「注文はございません」

と応じる桂三郎に喜左衛門が、

「桂三郎さん、山城屋はどうなさる心算かな」

と初めてさん付けで問うた。

「わしが答えよう。このあと、あちらに参り、同じような掛け合いをなす。あちらはたちばな屋さんより付き合いが浅いが職人に厳しいと聞いておる。桂三郎さんが品を納めることは今後あるまい」

　小籐次が言い切った。

　一座を長い沈黙が支配した。

　重い口を開いたのは喜左衛門だった。

「赤目様、なんとも無様な真似をしてしまいました。五代続いた小間物屋の老舗と己惚れた末、赤目様からかようにきびしいご注意を受ける仕儀になりました。もはやなにも申しませぬ。わたしどもの先祖が出入りの職人を育てたことで、暖《の》簾《れん》が掲げられ続けてきたことを忘れておりました」

　廊下に人の気配がした。

「だれですな」

「お父つぁん、わたしです。同席させてもらってようございましょうか」

　と障子の向こうに座した女衆が願った。

「ただ今、用談ちゅうです」

「分かっております。一言だけ桂三郎さんにわたしも詫びとうございます」

「なにをそなたが詫びるというのです」

喜左衛門が小籐次の顔を見て、桂三郎が座り直した。

「お入りなされ」

と小籐次が言った。

「ありがとうございます」

と座敷の一角に座ったのは、若い娘だった。

「桃子嬢様」

と桂三郎が呟いた。

「そなたら、知り合いですか」

と喜左衛門が訝し気な顔で言った。

頷いた桃子が髷《まげ》から簪を抜いて一同に見せた。

「これはわたしが芝口新町を訪ねて、桂三郎さんとお夕さんに願った簪です。うちが桂三郎さんに注文するものは男ものの煙草入れとか同じものばかりです」

桃子の言葉を聞いた草蔵が、

「ああー、あのとき、昔、おかみさんに簪を造ってくれた職人のことを聞かれましたな」

「一年半前のことでした。わたしはたちばな屋の娘とは名乗らず簪を造ってほしいと願ったのです。三月後に参りますと、この簪を渡されました。その折、桂三郎さんはわたしが何者か承知で、おかみさん同様にようお似合いですと申されたのです。お父つぁん、草蔵、とくとこの簪を見てください、これが桂三郎さんの仕事です」

薄紅色の珊瑚を名にちなんだ桃の形に細工した簪は、なんとも精緻で華やかだった。

「桂三郎さんは、親子二代の髪を飾る簪を造らせてもらいました、ありがとうございますと言われて一文も金子を受け取ろうとなさいませんでした。お父つぁん、草蔵、うちはこれほどの職人さんを抱えていながら、なんという仕打ちをなされました」

桃子の言葉は小籐次以上に喜左衛門と草蔵を驚愕させ、主従は後悔の念に見舞われていた。

「嗚呼ー」

と喜左衛門が悲鳴を上げた。

「赤目様、桂三郎さん、私どもはなんということを」

桂三郎がなにか言いかけたとき、小籐次が膝に手をおいて、

「用件は済んだ、戻ろうか」

と言った。

「は、はい」

とうなずいた桂三郎が、

「お嬢さん、おかみさんの簪が傷ついた折はいつでもお持ちください」

と言うと立ち上がった。

たちばな屋の主従と桃子はその場から見送りに立ち上がれなかった。ただ、桂三郎の造った簪を眺めていた。

たちばな屋の表に出て、二軒目の山城屋に向かいながら、

「ちと厳しすぎたか」

「いえ、わたしが煮え切らないのがいけなかったのです」

「どうやらたちばな屋とは縁が切れそうにないな」

「赤目様、縁が切れたのではございませんか」

「桂三郎さん、よい仕事ができた折にな、一、二品納めることがあってもよかろう、桃子さんのためにな。ただしもう少し先のことじゃ」

「と、申されますと」

「お節介のついでがあってな、桂三郎さんが承知するならばの話じゃが、どうだ、店を持たぬか。むろん今のまま、新兵衛長屋で錺職を続けていくのもよいが、久慈屋の近辺の金春屋敷《こんぱる》界隈にな、間口三間半、奥行き六間の小体な貸家がある。自分の造ったものを売りながら、客の注文を聞いて仕事を続けぬか」

「赤目様、私はただの錺職人です、お店なんて夢にも考えたことはございませんでした」

「ならば聞く。たちばな屋とは今後も細々とつながるかもしれぬ。次なる山城屋はどうだな」

「こちらはもはや品物を納める心算はございません」

「ならば、今の住まいで仕事は続けるとして、客が芝口新町の裏店を訪れようか。むろん、そなたの腕と名があれば、新たな客がなくはあるまい。だが店を持てば、客の好みを直に聞いて、誂《あつら》えることができるのじゃぞ」

「金春屋敷近くでは店賃も高うございましょう。それに錺職の仕事場にするには大工の手も入れねばなりますまい」

「まず、店賃からいこうか」

「はい、一月いくらでございましょう」

「知らんな」

話を切り出した小籐次が無責任な返答をした。困惑の桂三郎が言い出した。

「ただ今は久慈屋さんの差配の家の一角を厚意で使わせてもらっています。店を持てば店賃分、稼がねばなりません」

「で、あろうな。桂三郎さん、その家の持ち主を聞かぬのか」

「私どもの知り合いでございますか」

「おお、ただ今と同じく久慈屋の持ち物でな、一年前まで面打師が仕事に使っておったそうだが、面打師が身罷って跡継ぎがおらんのでな、空いておったのだ。わしがこの話を持ち出したとき、昌右衛門様も観右衛門さんも、桂三郎さんならば、お店を持ってもきっとやっていけると太鼓判を押してくれましたでな、家賃は久慈屋さんと話し合いなされ」

しばし桂三郎はなにも言わなかった。

「驚きました」

「驚いてばかりはいられまい。山城屋が残っておるでな」

「こちらは最初からお断わりすることを決めておりました」

「ならば話は早いな」

と小籐次も気持ちが軽くなった。

三

下谷広小路元黒門町の小間物屋の主山城屋園吉は、赤目小籐次の説明にも桂三郎の懇願にも聞く耳を持たなかった。

「桂三郎や、おまえさん、掛け合いに用心棒まで連れてきなさったか。堅気の職人のすることではないな。おまえさんがそのような手を使うのであれば、うちはうちのやり方でやらせてもらいますよ」

と居丈高に番頭の専太郎が言い、手代に手で合図した。

主の山城屋園吉は煙草を絶えずふかして黙り込んでいる。四十前後の、とても小間物を扱う商人とは思えない不敵な面構えをしていた。

山城屋にとって桂三郎の造る錺ものは、売れ筋の高値の品物だった。

「山城屋の主どの、わしは用心棒など務めておる気はないがのう。どうか冷静になって一人の錺職人の願いを聞いてくれぬか」

「酔いどれ小籐次なんて二つ名をもった研ぎ屋の役目は、用心棒以外考えられませんな、世間でちやほやするせいか、いささか図に乗っておるようだ。桂三郎が独り店を訪ねてきて頭を下げるのならば、こちらも対応の仕方があった。手間賃を上げてくれというのなら、それなりに考えなくもない。だがね、研ぎ屋爺なんぞを連れての掛け合いをされては、おまえさんの申し出は一切聞き入れられませんな。帰りな、帰りな、面を洗って独りで出直してきなされ」

と言い放った。

先代の山城屋主人が身罷って甥の園吉が店を継いだのは最近のことだという。代替わりした当初は、地道な商いをしていたらしいが、近ごろは評判が決してよくなかった。

「山城屋さん、こうまでいうても、桂三郎さんの願いを聞いて、考え直してもらえませんかのう」

「無理ですな。どうせたちばな屋だけに品を高値で卸す気じゃろう。おまえさん方の魂胆など見通してますよ」

「番頭どの、あちらにも頭を下げて、長年の取引きをお断わりしてきた」

「研ぎ屋は口出しするんじゃない。私が聞いているのは桂三郎ですよ」

と言い放った。

最前から半刻ほど押し問答を繰り返していた。

「桂三郎さんや、こちらにそなたの造った品を預けるについてなんぞ約定の書付けを取り交わしてますかな」

と小籐次が不意に話柄を変えた。

「いえ、亡くなられた先代とお会いして口約束だけでございました」

「この跡継ぎどのにも契約の書付けはございませんな」

「ございません」

と言い切った桂三郎をちらりと見て、主の園吉が番頭に顎でなにか命じた。すると専太郎が立って店に行き、帳場簞笥の引き出しからでも出したか、一枚の紙を持参した。

「書付けはありますよ。おまえさんが何年か前、うちに送ってきた書状ですよ」

と広げて見せた。

「番頭どの、見せてもらおうか」

と小籐次が願った。

「おまえさんは関わりなき人間じゃ。よいか、桂三郎、そなたがうちの注文に際して礼を述べた文です。うちのお客様の注文には、誠心誠意応じると認めてある。

これが書付けですよ」

と言った。

「番頭さん、私は書いた覚えはございません」

「最後に名前まであるじゃないか」

「見せてくだされ」

と願った桂三郎がしげしげと見て、

「この名の書き方は、私のものではございません。文面も名も別人が書いたようでまるで違います」

と小籐次に言った。

「ほう、うちが偽文を作ったと言いがかりをつけなさるか。なんならこの文を持って出るところに出ましょうかな」

と専太郎が言い切った。

「出るところとは町奉行所かな」

と小籐次が質した。

「そうですよ、北町奉行所とはうちは昵懇でしてな」

専太郎が小籐次を睨んだ。北町奉行所と昵懇というのは、はったりだと小籐次は察していた。

「その文、北町奉行所に提出なされ。その文が契約の書付けに相当するかどうか判断されましょうな」

と応じた小籐次が、

「桂三郎さん、これ以上願っても無理のようじゃ、話は終わったということです。お暇《いとま》しますかな」

と桂三郎に言った。

「待ちなされ。おまえさんの評判は江戸で鳴り響いているようだが、うちには通じませんな。どうしても桂三郎がうちの品を造らぬというのなら錺職人として暮らしていけぬように手立てを講じさせてもらいますよ」

「山城屋園吉、そのような言葉を脅しというのを承知か。その脅し言葉をわれら、聞かなかったことにしてもよい。どうだな、ここは黙って桂三郎さんの願いを聞き届けぬか」

「聞けませんな」

小籐次は山城屋の強《したた》かな顔を見た。

「山城屋、この赤目小籐次が手ぶらで桂三郎さんに従い、この店を訪ねてきたと思うてか」

小籐次は懐から袱紗《ふくさ》に包まれた簪を出して桂三郎に見せた。

「桂三郎さんや、この簪はそなたが手掛けたものかな」

桂三郎がしげしげと見て、首を横に振った。

「ご丁寧にこの簪には初代桂三郎と銘まで刻んである。わしは桂三郎さんが造ったものに名を入れるなど知らぬがのう」

「入れません。その代わりだれにも分からぬように銙のなかに桂の崩し字一字を入れてございます。この品は私が造ったものではございません」

と桂三郎が言い切った。

「山城屋園吉、番頭専太郎、この簪、ここにおる桂三郎さんの手になる物としてさるお方に高値で売ったたな。むろん、この客人は今まで桂三郎さんの品として箱まで大切に持っておられた。この品、町奉行所に差し出してもよいかのう」

と小籐次が二人を睨んだ。

山城屋園吉が舌打ちをした。

番頭の専太郎は真っ青になった。

「どうだ、こちらから町奉行所にこの品を提出するのは止める。その代わり、桂三郎さんの願いを聞き届けぬか」

二人の主従が黙り込んだ。

「桂三郎さん、どうやら山城屋さんも番頭どのもそなたの願いを聞き届ける気になったらしい。参ろうか」

と立ち上がった小籐次が、

「この簪の持ち主がこの店に参った折には、この簪と引き換えに黙って金子を返すのじゃな」

と言い放った。

小籐次と桂三郎は店座敷から店に出た。奉公人らがみな問答を聞いていたとみえて、黙り込んで二人を見た。

「桂三郎さんや、こちらにそなたの品は未だあるか」

「二つほど、煙草入れと印伝の財布に細工を施しました」

「手間賃は頂戴しておるかな」

「いえ」

桂三郎が困った顔をした。

「どなたか、桂三郎さんの手の入った品を見せてくれぬか」

「そ、それが」

と若い番頭が当惑した。

「売れたのかな」

「は、はい」

「いつのことだ」

小籐次が問うたとき、奥から老練な番頭の専太郎が姿を見せて、

「だれの許しがあって店の内情を話しておる」

と怒鳴りつけた。

「専太郎さんや、売れた品の手間賃はいくらかな。もはやこちらにお邪魔することもあるまい。ちょうどよい折じゃ、二つの品の手間賃を頂戴してまいろうかな」

と小籐次が言ったとき、小間物屋には似つかわしくない浪人者二人が入ってきて、

「番頭どの、この爺を痛めつければよいのかな」

と野州訛りで問うた。二人して巨漢にして蓬髪だ。

「店のなかでは困りますぞ、種村さん」

「ならばひっ捕まえて路地に連れ込み、足腰立たぬようにすればよいな」

「いいですか、この爺をなめるとえらい目に遭いますからな」

と専太郎が注意した。

「なに、大したことはない」

と二人が不用意に小籐次に歩み寄り、

「爺、腰に一剣を差しておるところを見ると、浪人者か」

「いや、わしの仕事は研ぎ屋でな」

と小籐次がのんびりとした口調で応じ、心得た桂三郎が後ろに下がった。

「なに、研ぎ屋じゃと。江戸では研ぎ仕事でさような形《なり》ができるか」

「包丁一本の研ぎで四十文じゃがのう。一家が食えぬことはない」

そんな問答を店の前から覗き込む通行人がいて、

「あらあら、酔いどれ小籐次様を知らないあの在所もん、かわいそうにね」

「なんだい、この小間物屋、浪人者なんぞを飼ってやがって、酔いどれ様をどうしようというんだえ」

と声高に話していた。

「番頭どの、表は厄介じゃ、裏口から路地に連れ出そう」

と浪人たちが警戒もせずに小籐次に歩み寄り腕を摑もうとした。

その瞬間、小籐次の拳が左手の巨漢の鳩尾《みぞおち》を捉え、右手の浪人の鳩尾に翻《ひるがえ》って大男二人がくたくたと店の中に倒れ込んだ。

「番頭さんや、わしの片づけ賃は要らなくなった。桂三郎さんに二つの品の細工代を支払ってくれぬか」

しばらく呆然としていた専太郎ががくがく頷き、

「二分を渡しなされ」

と若い番頭に命じた。

「いまや名人上手と評判の錺師に二つの品の細工をさせておいて、二分とは法外に安くはないか」

との小籐次の言葉に、

「おお、べらぼうに安いぜ。山城屋の番頭よ、錺職なんて細かい手作業だからよ、何日も日にちがかからあ、そんなことを知らぬ番頭でもあるめえ。それを一つ一分だと。一つ一両ずつ払っても儲けが出ようじゃないか。どうせ高い値をつけて売ったんだろうが」

と馴染みの声がした。

小籐次が見ずとも読売屋の空蔵と分かった。

「妙なところに出おったな、ほら蔵め」

「夏は幽霊の季節だがよ、昼間は出ねえよ。およそのことは表で聞いた。山城屋よ、赤目小籐次様おん自ら出馬なさっておられるのだ。往来の見物人も増えてきた。これ以上、ごねるのはこの店にとって得とは思えないがね」

「ああー、読売屋までぐるですか。手代さん、塩といっしょに二両を持ってきなされ」

と専太郎が叫んで一件落着した。

二両を手にした桂三郎が小籐次と下谷広小路から神田川へと向かいながら、

「赤目様、この二両どうしましょう」

「それはそなたの手間賃ですぞ、そなたの稼ぎじゃ。わしも稼ぎはあまり上手ではないが、桂三郎さんも金稼ぎは下手じゃな」

と小籐次がいうところにばたばたと草履の音がして空蔵がおいかけてきた。

「空蔵さん、ありがとうございます」

「そりゃ、おまえさんの真っ当な稼ぎだ、礼には及ばねえよ。それより酔いどれの旦那、こいつは読売に書いていいよな」

「うーむ、どうしたものかのう」

「あのな、山城屋は当代になって評判がよくねえんだよ、ここらでがつんと懲らしめておいたほうが世のため人のためだ」

「それほど評判が悪いか」

「悪いなんてもんじゃねえ。売れ行きのいい細工ものにな、偽物を混ぜて高く売っているとの噂がある」

「ほう、そんな噂がな」

「証があればこの話、中くらいのネタになるんだがな」

しばし考えた小籐次が、

「空蔵さんや、北町の見習与力岩代壮吾どのに会え」

「またそれだ。読売屋と見習与力とは肌合いが合わないんだよ。おりゃ、嫌だ」

「わしが会えというたと伝えよ。さすれば最前の話を細かく話してくれよう」

「ほんとか」

「虚言は弄さぬ。おお、そうじゃ、そなたが岩代どのに会うならば、この袱紗包みの品を見習与力どのに返してくれぬか。大いに役に立ったというてな」

小籐次が空蔵に袱紗包みを渡した。

「おお、こりゃ、簪か。ふーん、一枚北町がかんでやがるか。よし、中ネタを大ネタに仕上げてみせるぜ」

と走りだそうという空蔵を、待て待て、と引き留めた小籐次が、

「もう一つ、話を加えよ」

「おお、今日はまたえらく気前がいいな。どうしたことだ」

と足を止めた空蔵に、

「近々な、桂三郎さんが独り立ちして錺職の工房を金春屋敷近くに開くことになりそうだ。その折はしっかりと宣伝にこれ務めよ」

「おお、めでてえ話だね。そうか、最前の山城屋のもめごとは桂三郎さんの独り立ち話から生じたか。ふむふむ、その辺りは工夫がいるな。よし、この空蔵に任せなって」

「空蔵さん、まだ決まったわけではございません」

「天下の赤目小籐次が公言したんだ、桂三郎さんは神輿《みこし》のかざりだ。黙ってよ、赤目小籐次とこの空蔵にまかせなって」

と言い残した空蔵が駆け出していった。

その背を見ていた桂三郎が、

「私にできましょうか、赤目様」

「桂三郎さん、おまえさんがその気になれば世間がほっときませんぞ。空蔵ではないがまかせておきなされ」

と小籐次が請け合った。


半刻後、二人は金春屋敷近くにある元面打師の工房だった家の前に立っていた。能面を主に作っていた面打師の家の前には南天の木が植えられており、玄関脇に北向きの格子戸が見え、内側には少し日焼けした障子が設えられていた。

細かい仕事をする職人にとって南向きや西向きの工房は、光が強すぎる上に射し込み具合がつねに変わるので不向きだった。その点、北向きの部屋は刀研ぎや桂三郎のような錺職人には、都合のよい造りだった。

玄関も格子戸で内側から国三が錠を外してくれた。

「どうぞお入り下さい」

桂三郎が小籐次にお先にという風に手を差し出した。

「本日はそなたが主役じゃぞ、先に入りなされ」

「ようございますか」

と遠慮しながら桂三郎が格子戸の敷居を跨ぎ、直ぐ傍らの間口三間、奥行き二間の工房を、無言で眺めた。

「桂三郎さん、錺職には不向きですか」

と国三が無言で佇む桂三郎に尋ねた。

「いえ、私ごときにこの工房は勿体《もったい》のうございます」

「面打師の方が十数年前、居職《いじょく》ならばだれでも使えるようにと手を入れさせたそうです。私もつい最近までこんなところにうちの家作があるなんて知りませんでした」

桂三郎が、上がらせてもらいます、とだれとはなしに断って工房に上がり、十二畳の広さの仕事場に座り、腰高障子へと向き合った。頭の中で障子の前に長い台があればよいなと考えていた。

面打師は、作業台を使わず板の間に布などを敷いた上に切った丸太を置き、その上で、鑿《のみ》を使い木取りした材を削っていく、ために障子側に台は設えられていなかった。

不意に桂三郎が小籐次と国三を見た。

「私がかような工房で仕事をしてよいものでしょうか」

と念押しした。

「桂三郎さんや、だれよりもそなたに相応《ふさわ》しい仕事場と思う。そなたが相手にするのは、それなりの人物や分限者じゃ、ここなればどなたを迎えても失礼にはあたるまい」

二人の問答を聞いていた国三が、

「桂三郎さん、奥をご覧になりますか。坪庭を挟んで凝った離れ座敷がございます。最前、おやえ様から聞いたことですが、面打師に後継ぎがいないことを承知の五十六様は工房が返された折にはこの家を隠居所にとも思われたようです。ですが、隠居所にはいささか狭いし、この家は仕事場として設えられたものと諦めなされたそうな」

「おお、そうでしたか」

と小籐次が言い、桂三郎は、

「国三さん、奥はまず昌右衛門様にお許しを得て、わが身内といっしょに拝見させて頂きとうございます」

と応じた。

「それはそうであったな、わしが強引に連れてきたのがいかん」

と小籐次が詫びた。

四

久慈屋の奥で主の昌右衛門、大番頭の観右衛門、小籐次に桂三郎が対座していた。

「いかがでしたな。赤目様が同道されたのです。たちばな屋も山城屋も快く承知してくれましたでしょうな」

と観右衛門が話を切り出した。だが、言葉とは違い、ひと揉めふた揉めあったのではないかと内心考えていることが窺えた。

「まあ、なんとか落ち着くところに落ち着いたということでしょうかな」

と応じた小籐次が話下手の桂三郎に代わって、詳しく小間物屋たちばな屋での問答の経緯を告げた。

「ほう、たちばな屋さんのお嬢さんが親御にもお店にも黙って桂三郎さんに簪を注文されておりましたか。たちばな屋さんは男衆より女衆に見る眼があったということですな」

と昌右衛門がうけた。

「昌右衛門様、そういうことです。男ばかりの話の場に娘御が加わられて桂三郎さんがお嬢さんのために簪を造っておられた話を聞かされた主の喜左衛門さんと大番頭の草蔵どのの驚きたるや尋常ではありませんでしたな。自分たちが桂三郎さんを出入りの錺職人の一人としてしか、遇してこなかったことに気付いたようで、これまでの行いを悔いておりましたな。改めてお嬢さんに桂三郎さんの技量を教えられたということでござろう」

「と、なりますと桂三郎さんのことだ。ときに品物を納める関わりが続きますかな」

「あとは桂三郎さんの気持ち次第でござろうな」

話を聞く桂三郎は、たちばな屋との関わりをどうするべきか迷いがあるようで沈黙を続けた。

「二つ目の山城屋はいけませんな。こちらは縁を切るしか方策はございますまい」

小籐次が山城屋で起きた騒ぎを告げた。

「なんと他の職人に造らせた品を桂三郎さんの名で高値で売っておりましたか」

「北町見習与力の岩代壮吾どのに内々に相談しましたところ、諸色取調方の同心が山城屋のあくどい商いを承知しておりましてな、桂三郎さんが造ったと騙《かた》って売った簪を引きとっておりました。ゆえにこちらは北町奉行があと始末をしてくれるのではございますまいか」

「となると、桂三郎さんは独り立ちの錺職人として、今後は自分の得心のいく錺細工だけを造り、商うことになりましょうかな」

と観右衛門が話を進めた。

「そこで帰り道に金春屋敷近くのこちらの空き店を見にいったところ、国三さんが運よく風を入れにきておりましてな、工房を見て参りました」

「それはなにより」

「桂三郎さんは面打師が工房に使っていた部屋だけを見て、『私には勿体ない』と咄嗟に漏らしましてな。あの家のすべてを見せていただくのは、こちら久慈屋さんのお許しを直に得てからにしたいと願われてな、かく参上した次第にござる」

「話は分かりました」

と昌右衛門がいい、

「やはり赤目様が同道されたのはようございました」

と観右衛門も言い添えた。

それまで沈黙していた桂三郎が、

「私ごときに久慈屋さん、赤目様とお力添えを頂き、恐縮の至りにございます。どうお礼を申し上げてよいか分かりません。真にありがとうございました」

三人に向かって、両手を畳について頭を深々と下げた。

「まずは一歩進みましたな。これまで付き合いのあった小間物屋がどうでるか、しばらく様子を見ますか」

と観右衛門が話を展開させた。

「それじゃがな、山城屋の小騒ぎの折、読売屋の空蔵さんが姿をふらりと見せましたでな。空蔵さんに一枚嚙《か》ませてはどうだろうと、高尾山に同道した岩代壮吾どのに会わせることにしましたのじゃ」

「おお、それは好都合、北町と読売屋が組んだとなれば、山城屋とて動きがつきますまい。いえ、北町のお調べ次第では山城屋はお店取潰しとまでいかないまでも、当座商い停止《ちょうじ》が命じられましょうな。山城屋とて北町奉行所には逆らえますまい。それに世間の信頼を取り戻すには、何年もかかりましょう」

と観右衛門が言った。

「さあて、残る一つは金春屋敷近くの空き家ですがな、桂三郎さん、借りてくれますかな」

と久慈屋の若い主に促されて、改めて姿勢を正した桂三郎が、

「赤目様も最前私の言葉をお伝え下さいましたが、面打師が使われていた工房は、私には勿体ない夢のような仕事場でございます。久慈屋の旦那様、大番頭さん、真に私に貸していただけるのでしょうか」

と念押しした。

「私どもつい桂三郎さんの錺職の技量を他人事のように見逃しておりました。いまやどなたに尋ねても、新兵衛長屋の差配の片手間にやる仕事ではない、名人上手の錺職人だと申されます。赤目様にこのたびの話を持ち出されたとき、私どもこそ足元を見ずして過ごしてきたことを後悔いたしました。桂三郎さんが独り立ちして、錺職の技や美が分ったお客様から直に注文を聞き、一品一品丁寧に創意工夫していけば、さらなる高みに辿りつかれましょう。そのためにはあの金春屋敷近くの工房は打ってつけの仕事場でございますよ。ぜひ桂三郎さん、使ってくだされ」

と昌右衛門が頷きながら言った。

「ありがとうございます。長屋に戻り、お麻、お夕と相談したうえで改めて返事をさせていただくことでようございましょうか」

「むろんそれで結構です」

と昌右衛門が答えたとき、

「赤目様、駿太郎さんが迎えに参られたようですよ。どうです、前祝いに一献仕度しましょうか」

となんとなく話を隣座敷で聞いていたおやえが言った。

「おやえ様、私は長屋に帰り、さっそく身内と相談したく思います」

「わしもな、このところ駿太郎に任せて本職の研ぎ仕事をしておらぬ。いささか気にかかっておることもある。本日は駿太郎の小舟で桂三郎さんを送ってから、須崎村に戻ろうと思う」

と小籐次もおやえの厚意を遠慮した。

「ならばすべてが決まったとき、お祝いを致しましょうね」

とおやえが言って、小籐次と桂三郎が辞去のため立ち上がった。

新兵衛長屋の堀留に小舟をつけると、新兵衛の研ぎ場をお夕が片付けていた。

「あら、お父つぁん、駿太郎さんに送られてきたの」

と桂三郎の顔を見た。

「半日、赤目小籐次様に世話をかけた」

と上気した表情を無理に抑えた桂三郎が娘に答えた。

そのとき、厠から出てきた勝五郎が、

「なんだよ、桂三郎さんが留守と思ったら、酔いどれの旦那といっしょかえ。この二人の組み合わせではよ、読売のネタになりそうにないな」

と決めつけた。

「わしらの組み合わせで読売のネタができぬというか。ならば空蔵は他の彫り方に話を持っていくかのう」

「なに、ネタになりそうか。ならば話してくんな。おれが直に空蔵のところに駆け込んでよ、話して聞かせるからよ」

「その要はない」

「なに、空蔵、他の職人に頼むというのか」

「そうではない。小騒ぎの場に空蔵が居合わせたのだ。いまごろ北町の与力どのから話を聞いておろう。よいか、夕餉には酒を飲まぬほうがよいぞ、夜明かしして仕事することになるやもしれんでな」

「分かった」

と勝五郎が張り切り、お夕を手伝って桂三郎が新兵衛の研ぎ場を片付け始めた。

「お夕姉ちゃん、勝五郎さん、桂三郎さん、さようなら」

堀留の石垣を竹竿でついて小舟を出しながら駿太郎が叫んだ。

「赤目様、ありがとう」

とお夕が礼を述べ、傍らで桂三郎が頭を下げた。

「桂三郎さんよ、おまえさんも騒ぎを見ていたのか」

勝五郎が遠ざかる小舟を目で追いながら聞いた。

「はい」

「血を流すような斬り合いがあったのか」

「いえ、さような殺伐とした騒ぎではありませんでしたよ」

「なんだ、それじゃあ、夜明かしするようなネタじゃねえな。小ネタだな」

勝五郎がぼやくのを耳にしながら、親子は木戸口に向かった。

「父上、桂三郎さんの話はうまくいきましたか」

小舟が堀留から御堀に出て桂三郎とお夕の親子の姿が見えなくなったとき、駿太郎が問うた。

「さあてな、一軒はこののちうまくいくような気がする。じゃが、もう一軒は最前勝五郎さんに話したように騒ぎがあったで、もはや桂三郎さんが仕事をすることはあるまい」

それはようございました、と応じた駿太郎が、

「父上、桂三郎さんの出入りのお店が一軒になったのですよね」

「おお、その店もこれまでのような仕事の仕方をすることはあるまい」

「だとすると、桂三郎さんの稼ぎが減りませんか」

と駿太郎が一家の生計《たつき》を気にした。並みの十三歳ならば、さようなことは考えまい。だが、駿太郎は物心ついたころから、小籐次が刃物を研ぐ代金で暮らしを立ててきたことを承知していた。

「この話、前もって久慈屋に相談したのだ。そしたらな、昌右衛門様も大番頭さんも桂三郎さんの名と技量があれば独り立ちしてもできる、うちでできる助勢はすると言われるでな、父は本日の掛け合いに際して強気で臨めたのじゃ」

「と、申されますと」

「駿太郎、そなた、金春屋敷の近くに小体な面打師の工房があったのを承知か」

「ああ、玄関の脇に南天の木があるお宅ではありませんか」

「おお、それよ。あの家作、だれのものと思うな」

「まさか父上のものですか」

「駿太郎、わしは未だ仕事場として新兵衛長屋の一部屋を借り受けておる身じゃぞ。そなたは、父の稼ぎを推量できよう。いくら小さな家とは申せ、江戸府内に家がもてるものか」

「父上と母上は望外川荘をお持ちですよね」

「あれはな、久慈屋さん方の手助けで持てたものでな、父が偶《たま》さか得た小金をもとに長いことかかって、久慈屋に支払ってなんとか買うた屋敷じゃ、須崎村ゆえ持てたともいえる」

「ああ、分かりました。久慈屋さんの持ち物だ」

「そういうことだ。五十六様が当初あの家を隠居所にしようと考えられたそうだがな、敷地も家もせまい。それもあって、ここからはわしの推量じゃが、店に近い場所で若夫婦たちに気兼ねをさせぬように、徒歩で半刻あまりの愛宕山裏のあの屋敷に隠居所を設けられたのであろう」

と小籐次が言った。

「待ってください、あの金春屋敷近くの家にお夕姉ちゃんたちが引っ越すのですか」

「いや、そうではない。桂三郎さんと夕の仕事場をあの家に設けようという話だ」

「ああ、それはいいな」

と言った駿太郎が、

「父上、昼間、桂三郎さんとお夕姉ちゃんは、金春屋敷近くに通い仕事をするのですよね」

「おお、あそこならお店としても使えよう」

「昼間、新兵衛さんの世話は、お麻さん一人になりますね」

「そうなるな。まあ、長屋の衆もおるで、なんとかなるまいか」

小籐次は迂闊にもこのことを考えていなかったことを悔いた。

小舟はすでに楓川《もみじ》に入り、日本橋川との合流部が見えてきた。

「父上、私どもも通いで久慈屋さんや深川蛤町裏河岸や駒形町の備前屋に研ぎ場を設けていますよね。桂三郎さんとお夕姉ちゃんの仕事場は新兵衛長屋から歩いてすぐのところです」

「差し障りがあるとしたら、新兵衛さんか」

「きっと長屋の方々がお麻さんを助けて面倒を見てくれますよね」

「そうじゃな、そうしてくれることを祈ろうか」


芝口新町の新兵衛長屋の差配の家でも同じことが話されていた。まず桂三郎が赤目小籐次に伴われて行った、出入りの小間物屋のたちばな屋と山城屋で起こった出来事を告げた。

新兵衛は、夕餉を終えて蚊やりの煙のところで、こくりこくりと居眠りをしていた。

「おまえさんからこの話、赤目様に願われましたか」

「そうではない。お麻、私が同じものばかり造らされることに不満を抱いていたことをお夕が察していたのだ」

「お夕、おまえ、赤目様に相談したのかい」

とお麻が亭主から娘に眼差しを移して問うた。

「おっ母さんもお父つぁんの悩みを察しておられましたよね。わたしもそのことを考えていました。ところが赤目様のほうから『師匠であるお父つぁんはなんぞ悩みを持っておられぬか』と切り出されたのです。そこで正直に話しました。おっ母さん、いけなかったでしょうか」

「ここは仕事場ではありません。お父つぁんが居眠りする部屋です。ここであれば私どもはただの身内です。身内ならば娘がお父つぁんのことを案じるのは当然です。まして赤目小籐次様は、私どもにとっても頼りになるお方です。お夕が赤目様に話したことで、お父つぁんであり、師匠の悩みが少しでも消えてくれれば、それ以上のことはありません」

お麻が亭主に視線を戻した。

「赤目様は、出入りの店のことばかりを考えていたわけではないのだ。たちばな屋、山城屋の談判がおわったあと、私は金春屋敷近くにある小体な家に伴われた。ちょうど国三さんがその家に風を入れておられた。いま考えれば二人の間に前もって話し合いがあったのかもしれん」

「どういうことです。久慈屋の見習番頭さんが金春屋敷近くの家に風を入れるなんて」

「おっ母さん、もしかしたら久慈屋さんの持ち物ではないの」

「えっ、だれかに貸す気なの」

「久慈屋さんは私とお夕の仕事場にどうだと言われるのだ。むろん赤目様も承知しておられたことだ」

「お父っあん、仕事場を別にもつの」

「いや、ここは元々差配の家だ、それを久慈屋さんの厚意で仕事場に使わせてもらっている。久慈屋さんもな、赤目様も大番頭さんも、金春屋敷近くの工房ならば店にもなる、お客の注文を直にうけて錺ものを造ることができよう。最前、出入りの店を失った話をしたな、もはや独り立ちする機会と申されるのだ。私とお夕が毎朝その家に通うというのだ」

しばし沈思していたお麻が、

「驚きました。おまえさん、おめでとう」

と言った。

「お麻、うちには懸念がある」

「お父つぁんのことですね、それは案じないでいいわ。私が面倒を見る」

とお麻が言い切った。

「そうはいうが差配の仕事の他に舅の面倒を見るのは」

「娘の私の務めです」

桂三郎の言葉を途中で奪ったお麻が言った。

「お父つぁん、通い仕事は毎朝同じ刻限に出るのよね」

「そうだ。私どもは朝餉を終えた五つ（午前八時）時分に仕事場に入ったな。もしあちらの工房を店にするのならば、五つにはあちらに着いて仕事を始めたい」

「終わりの刻限はこれまで季節と仕事の進み具合によってばらばらでした」

「赤目様親子の研ぎ場は七つ半前後に終えていたな。うちも七つ半には終えようか」

「夏ならばじいちゃんが裏庭にいる時分に帰っていけます。わたし、じいちゃんと研ぎ場で少しくらい時が過ごせます」

「お夕、最初のころはそうお客様はこられまい。そなたは七つ（午後四時）に上がり、じい様の面倒を見なされ。私は日差しと相談して仕事を終える」

と桂三郎が通いになった折の娘の仕事時間を決めた。

「明日、お麻、お夕もいっしょに久慈屋さんに挨拶してその家を見に行かないか」

「楽しみだわ」

とお夕が声を上げると、

「なにがおいしい、じいじいも食う」

と新兵衛が突然居眠りから目を覚ましていった。

「だれもなにも食べてなんかいないわよ、じいちゃん」

「たべてない、ふーん」

と応じた新兵衛がまた居眠りを始めた。

「おまえさん、ちかごろお父つぁん、急に年老いたと思わない」

お麻の言葉に桂三郎とお夕が新兵衛を見た。

「どう思う」

繰り返し尋ねるお麻に桂三郎が頷き、

「お麻、だれもが死を迎える。舅どのもまた死が近づいていたとしても不思議ではない」

はい、と答えたお麻も他の二人も新兵衛の死を頭に思い描いていた。とそのとき、

「桂三郎さんよ、おまえさんが明日の読売の一枚看板だぞ」

勝五郎の大声が響いて玄関に空蔵と二人で姿を見せた。

「おまえさん、店を持つってな。それも金春屋敷近くによ」

「それはまだ決まったことではございません。読売に書いてもらっては困ります」

桂三郎が狼狽の声で抗った。

「桂三郎さんよ、久慈屋のことならたった今、承諾を得てきたぜ。昌右衛門さんも大番頭ももはやおまえさんに貸す気でな、錺職が仕事し易いように大工を呼ぶとか呼ばないとか。明日の四つ半(午前十一時)時分、一家で工房に来てほしいと言付けを頼まれたぜ。それでも決まってねえっていうのかえ」

空蔵の言葉に桂三郎が黙り、お麻が、

「おまえさん、外堀も内堀も埋められました。かようなことは一生に一度あるかなしかの好運です。明日一家で金春屋敷近くの工房を見にいきましょう」

と言い切った。

桂三郎だけが余りにも早い周囲の動きに言葉を失っていた。

第四章　おりょうの迷い

一

夏は盛りを迎えていた。

おりょうは不酔庵に風を入れるためににじり口や藁を塗り込んだ粗壁の下に設けられた小障子を開けると、茶室に座した。

望外川荘の泉水の上を風が吹いてきて、不酔庵の気を静かに揺らした。

おりょうはそんな風に身を晒して、ふと小障子から泉水の水面を見た。青々した水草が目に入った。

水草の間を水澄ましが泳いでいた。

おりょうの脳裏に秋の泉水の光景が浮かんだ。

水草も秋の深まりとともに木々といっしょに紅葉した。そんな水草紅葉を萍《うきくさ》紅葉《もみじ》とか菱紅葉《ひしもみじ》とも呼んだ。

水草紅葉は、地上の紅葉や銀杏《いちょう》などの木々のような華やかさはない。落ち着いた景色で、観る人の心持によってはただ寂しげに映る。冬が近づいていることも寂しさの要因だろう。

秋の景色に稲穂を考えて、想像しながら幾たびも描いてきた。稲穂は水草とは異なり、豊穣の実りを感じさせてくれる。

だが、余生を過ごす隠居所の床の間を飾るにはいささか元気すぎる景色のような気がした。おりょうはいつも懐にしている紙を取り出し、女物の矢立ての筆を使い、水面に浮かぶ菱を写生した。

小障子から見える泉水の菱がおりょうの絵心をくすぐった。

(稲穂の波より萍紅葉がいいかもしれない)

と思いながら、無心で筆を動かしていた。

久慈屋の家作の一つ、金春屋敷近くの小体な家を錺職人桂三郎が借りることが決まり、桂三郎、お麻、それにお夕の一家三人がその家を見たのは、桂三郎と小籐次が小間物屋のたちばな屋と山城屋との談判をした、数日後のことだった。

当初は翌日にその家を見に行く予定だったが、新兵衛が高熱を発し、ひと晩じゅう一家で介護した。そして、翌朝になって医者が呼ばれた。

その折、医者は、

「一家になにか変わったことがありましたかな」

とお麻に問うた。

「いえ、それはございません」

と応じたものの桂三郎とお夕が新兵衛長屋から仕事場を移す話を聞いて、新兵衛は体調を悪くしたかとも思った。だが、呆けが進行中の新兵衛が一家の会話を聞き取り、理解したとも思えない。

「ともかくこの数日絶対安静にしてくだされ。歳ゆえな」

と医者は死を予感させる言葉を吐いた。

桂三郎は、久慈屋に新兵衛の不調を伝え、金春屋敷近くの家の下見を数日待ってもらうことにした。

そんなわけで数日後に桂三郎とお麻、それにお夕の三人は初めてその家を見た。

能面などを造る面打師が使っていた家だけに工房も広く、手入れの行き届いた仕事場に驚いた。玄関の片隅から三和土廊下がとおり、水場や厠が設えられていた。坪庭の向こうは六畳の離れ座敷だ。

桂三郎もお麻も訪れたことはないが、これが京風の造りかと想像した。

仕事場に戻ると飾り棚を背にした奥にもう一つ細長い板の間があった。新入りの弟子たちが仕事場に使っていた空間だろうか。

その佇まいに三人はしばらく言葉をなくした。

「こちらが私とお夕の仕事場と思うと身震いします」

と改めてもらす桂三郎に久慈屋の立会人、大番頭の観右衛門が、

「桂三郎さん、この立派な仕事場に勝る錺ものを造りなされ、そうすれば錺職人桂三郎の名がさらに高まり、この仕事場の主人はおまえさんだと、世間が認めるようになるのです。なにごとも場が人を創るといえますぞ」

と諭すように言った。

「おまえさん、私も勿体ない仕事場と思います。されどおまえさんならば、きっと大番頭さんの申されるように仕事場に相応しい品を世に送り出してくれましょう」

とお麻が厳かな口調で言った。

「お夕はどう思います」

「お父つぁんが身震いするほどの仕事場です。ここで仕事をしてきた面打師さまの苦心の歳月が感じられて、わたしにはおそろしいです」

「おお、面打師の名残を私どもが変えるには何年、いや、何十年かかりましょうか」

と独白する桂三郎に、

「お麻さん、ご亭主もこの仕事場とただ今勝手を見ただけですな、奥の離れ座敷を見てみませぬか」

と観右衛門が誘った。

坪庭をコの字に囲むように二尺五寸幅の廊下が延びて、離れ座敷、床の間つきの六畳間があった。

「お父つぁん、こちらは寝間なの」

「いや、そうではあるまい。面打師のお方は大事な客人との応接に使われたのではないかな」

と桂三郎が答えて、

「私もそう聞いております」

と観右衛門が応じた。

「見れば見るほど私たち親子には贅沢すぎる仕事場かと存じます」

「桂三郎さん、そなたはこれまでたちばな屋と山城屋に客の応対を任せて、ひたすら錺職に没頭されてきた。これからは客人が直にこの家を訪ねてきます。その折、この茶室に見まごう佇まいの離れ座敷が大事になってきますぞ」

と観右衛門が言い添え、お麻が大きく頷いた。

四人は離れ座敷の障子を開けて座した。

「大番頭さん、この際でございます。私の懸念を聞いてもらえませぬか」

「なんですな」

「この家の家賃はおいくらでございましょう。これまでこつこつと働いてきましたゆえに蓄えはなにがしかございます。まず私らの工房として使うならば、少し手入れが要りましょう。それは蓄えでなんとかなりましょうが、私どもが店開きしてもすぐにはお客様が参られるとは思えません。皆さんの親切に甘えて家賃を滞らせることだけはしたくはございません」

はっはっはは
と観右衛門が豪快に笑い、

「旦那様と家賃について話したことはございませんでな。それはそれとして、桂三郎さん、意外と早くこちらに客が詰め掛けますぞ」

と言い切った。


久慈屋の研ぎ場に朝稽古を終えた駿太郎がかけつけて、久慈屋の八代目の昌右衛門や奉公人方に挨拶し、父親の傍らに腰を落ち着けるとひと息ついた。

「アサリ河岸でなにかあったか」

「道場ではなにもございません。いつもどおりに稽古を致しました」

と応じた駿太郎が、

「岩代壮吾さんが稽古の折に、『おい、駿太郎、読売屋の空蔵はすっぽんのようにしつこい奴だな。親父様はあのような手合いに付きまとわれておられたか。同情いたす』と囁かれました」

「おお、小間物屋の一件の調べが未だつづいておったか。それにしても壮吾どのに迷惑をかけたな」

小籐次はどうりで空蔵の読売が芝口橋で売り出されたと聞かないわけだと納得した。

「は、はい。でも父上、岩代さん、迷惑と申されながら、どこか嬉しそうでもございました」

「ふっふっふ」

と笑った小籐次が、

「未だ見習与力どのは読売屋の怖さを知らんようだな」

と漏らした。

駿太郎がこの界隈の裏長屋のおかみさんから研ぎを頼まれた出刃包丁を見ながら、懐から三角に折った文を出して小籐次へそっと差し出した。

「道場を出た折、見ず知らずの若い町人が私に寄ってきて、この文を手渡しました」

「ほう、そなたに仲介を通してわしに文を届けるとしたら、ただ今のところひとりしか思いつかぬな」

と言い、三角に折られた文を開くと視線を落とした。

「新兵衛さんがようやく快方に向かったというのに、一難去ってまた一難かのう」

と呟いた小籐次が文を懐に突っ込んだ。

「子次郎さんからですか」

「今晩、あやつに付き合わねばならぬようだ。駿太郎、仕事を終えたら、そなたひとりで望外川荘に帰り、おりょうにこの旨伝えてくれぬか」

「畏まりました」

と駿太郎が応じて仕事を始めた。

親子ふたりがせっせと研ぎ仕事を続けていると、前に幾人かの人影が立った。

「赤目様、大番頭の観右衛門さんにご足労願い、麻と夕に久慈屋さんの借家を見せて参りました」

小籐次が桂三郎のどことなく不安と安堵がないまぜになった声音を聞いて顔を上げた。

「どうだ、お麻さん、あちらの仕事場はいかがかな」

「夢のような仕事場でございます」

との返答に観右衛門が、

「お仕事の邪魔をしますが、どうです、奥で旦那様を交えて少しばかり話がしとうございます。赤目様も同席してもらえませぬか」

と願った。

「それはかまわぬが」

と小籐次が立ち上がり、お夕が、

「お父つぁん、おっ母さん、わたしは先に長屋に戻ります」

と新兵衛を気にかけたか言った。

「そうしてくれるか」

店座敷に昌右衛門、観右衛門、小籐次に桂三郎、お麻夫婦が通った。

久慈屋の研ぎ場の前に残ったお夕に駿太郎が、

「どう、お夕姉ちゃん、気に入った」

「お父つぁんもおっ母さんも同じ言葉しかいわないの。確かにわたしどもには贅沢過ぎる仕事場よ。でもお父つぁんはこれまで関わりのあったお店二軒に卸すのを自らの考えで止めたのよ。こちらの工房にお客様が直ぐきてくれるかどうか心配だわ。店賃だって当分払えないかもしれないもの」

「お夕姉ちゃん、桂三郎さんが工房を兼ねた店を持ったなんて世間の人は知らないだろうけど、もはや錺職桂三郎さんの名前はその筋の人には有名と父から聞いています。必ず数月あとには新しいお客さんがつくよ。久慈屋さんの後ろ盾があるんだもの、そう心配はいらないと思うけどな」

と応じた駿太郎が土間で注文の品を包む見習番頭の国三を見た。

「駿太郎さんの考えはあたっていますよ。お夕さん、なにも案ずることはございません。駿太郎さんは久慈屋が後ろ盾と言われましたが、大立者は駿太郎さんの父御ですからね、ただ今の赤目小籐次様に敵うお方は、江戸にはおられますまい。お夕さん、安心して新兵衛長屋にお帰りなさい」

と国三が言うとお夕は、

「ありがとう、国三さん、駿太郎さん」

と礼を述べて芝口橋を急ぎ足で渡っていった。

「駿太郎さん、新兵衛長屋も様子が変わりますね」

「はい、桂三郎さんという錺職の名人が独り立ちされますからね」

「新兵衛長屋では二番目に名のあるお方です」

「あれ、一番はだれです」

と駿太郎が問うた。

「赤目小籐次様に決まっておりましょう。うちの長屋を借りたいという江戸の住人がどれほど待っておられるか、駿太郎さん、知ってますか」

「えっ、新兵衛長屋に住まいしたいという人が大勢おられますか」

「おられますとも。たしかこの数日前、お麻さんに願ったお方で十三人目です」

「ならば、父上に話して新兵衛長屋の仕事場を空けましょうか」

という駿太郎の言葉を聞いていた筆頭番頭の東次郎が、

「駿太郎さん、それはダメダメ、赤目小籐次・駿太郎の親子が新兵衛長屋をいまも貸りているということが久慈屋にとっても大事なんですよ。大看板、いえ、子看板がそんなことを決して口にしないでくださいよ。新兵衛長屋に赤目親子がいなくなるといったら、旦那様も大番頭さんも、いえ、十三人も待っている客もがっかりしますからね」

と忠言した。

「そうですか、いけませんか。私ども、こちらの店先で仕事をさせてもらっているので、十分かと思っていたのに」

「駿太郎さんは十三にしては大人並みに物事を分かっておりますが、まだ人の心の機微《きび》は分かっておらぬようですな」

「きび、ですか。なんでしょう」

「機微、と書きまして人情の妙とか、あるいは想いです」

「そうですか、きびですか。なんだか分かったようで分からないな」

と駿太郎が繰り返し、

「つまり赤目様一家と久慈屋は一心同体ということです」

「東次郎さん、それならば分かります。うちはこちらに世話になりっぱなしですからね」

と応じたところに読売屋の空蔵が姿を見せた。

「おや、帳場格子の旦那と久慈屋の古狸、いや、大番頭の姿が見えないな」

と目敏《めざと》く見回し、

「そういえば、酔いどれの旦那もいないぞ」

と駿太郎に視線をやった。

「またふらふらしてやがるか。ここんとこよ、本業より余技が忙しくないか、駿太郎さんよ」

「よぎ、ってなんですか」

「お節介ってことよ」

そんな空蔵の言葉を聞いた東次郎と国三が無言で目配せし、国三がその場からすっと消えた。

「なんだか、妙な具合だな。見習番頭までいなくなりやがったぜ」

と空蔵がいうところに国三が戻ってきて、

「空蔵さん、こちらへ」

と誘いの言葉をかけた。

「なんだえ、おれを店から追い出そうって算段か。おりゃ、常々久慈屋さんのために心を砕いてきたんだがな」

「ですから、旦那様が空蔵さんをお呼びです」

「えっ、旦那の昌右衛門さんが奥に通れってか」

「店座敷でございます」

「うん、なんだか気味が悪いな」

「お行きになればお分かりになります」

「そうか、まさか、出入り禁止なんて話じゃないよな。久慈屋に都合の悪い話は読売にしてないがな」

とあれこれと口にしながら、国三に案内されて空蔵が店座敷に通った。

店座敷での話はさらに四半刻ほど続き、空蔵がなにか思案しながら戻ってきて、

「どうしましたな、空蔵さん」

と東次郎の問いに、

「あれこれと注文がついたけどよ、仕事は仕事だ。まあ、久慈屋の八代目と赤目小籐次同席の注文だ、なんとか知恵を絞らなきゃあなるまいな」

と言い残して消えた。

空蔵が居なくなるとこんどは桂三郎とお麻が姿を現した。

「皆さん、本日は仕事の邪魔をして申し訳ございません」

と詫び、夫婦ふたりで頭を下げ日差しのもと芝口橋を渡っていった。

「桂三郎さんにとって、生涯一度の決断のときでしょうね。とはいえ、背後に控えているお方がお方ゆえ、そう難しく考えることもないと思うがな」

と東次郎がだれにいうとはなく漏らした。

「東次郎さんや、桂三郎さんはそれくらい慎重なお方なんですぞ。ゆえに娘の夕を始め、お麻さん、こちらの久慈屋の皆さんが案じてな、かようなおぜん立てをした。何事もそうですがな、最後は人柄です」

と言いながら小籐次が現れた。さらに帳場格子に昌右衛門と観右衛門も座り、いつもの久慈屋の店先の陣容と緊張が戻った。

「皆さん、知ってのとおり新兵衛長屋に大きな変化が生じました。新兵衛さんが病にかかって寝込んだりと、ご当人はあれこれと案じて大変でしょうが、職人が独り立ちする、めでたいことです。いいですな、いつものとおり、この数月の動きを温かく見守ってくだされ」

と昌右衛門が奉公人一同に言った。

「分かりました」

奉公人を代表して観右衛門が返事をした。

「父上、桂三郎さんはあちらに直ぐに仕事場を移されるのですか」

と駿太郎が小籐次に聞いた。

「いや、まず桂三郎さんが大工の棟梁と相談したあと、十日ほど模様替えにかかるそうな。桂三郎さんと夕があちらに仕事場を移すのはそれからだな」

と答える小籐次の言葉を東次郎ら奉公人たちが聞いていた。

「赤目様、腕の良さはすでに知られている桂三郎さんですが、お店を兼ねた工房は初めてです。錺職桂三郎の看板を掲げることになりますが、なんとのうこれだけでは趣《おもむき》が足りませんね」

と昌右衛門が言い出し、

「ただ今のあの夫婦に申してもそこまで気が回りますまい」

と観右衛門が言い添えた。

「おお、それはそうですな。なんぞ知恵がございますかな」

「いえ、ないゆえ赤目様に相談しています」

と昌右衛門が言った。

「わしにもさような知恵はないがのう」

その返事を聞いた昌右衛門が、

「赤目様、この際、おりょう様のお知恵を拝借できませんかな」

と言い出し、その場にいた奉公人が賛意を示すように頷いた。

「ほう、おりょうの知恵ですか」

と小籐次が考え込み、

「おりょう様に屋号を思案してもらった暁に桂三郎さんが得心したら、うちで看板を作らせますでな」

と昌右衛門が珍しく言い切った。

二

深夜九つ（午前零時）前。お城の北側にある雉子《きじ》橋と俎《まないた》橋の間、内堀に面した界隈には小禄ながら三河以来の譜代大名の江戸藩邸があった。そんな大名屋敷に接して高家《こうけ》肝煎《きもいり》大沢基炑《もとあき》の屋敷があった。

江戸時代、高家の職に就くのは家格の高い旗本で、そのうち吉良、大沢、武田、畠山、織田、六角、品川など家柄のとくに良きものの中から三名が、

「肝煎」

に選ばれた。

当初、朝廷に関わる職務は、吉良家と大沢家の二家が務めてきたが、天和三年（一六八三）三月、吉良義央《よしなか》、大沢基恒《もとつね》、畠山義里《よしさと》の三人が月番で務めて以来、肝煎は月番制が確立した。

高家の役高は千五百石ながら公卿との交際があり、宮中と接するので官位は従五位下侍従と高く、なかには国持大名と同格の、

「正四位上少将」

を持つ者もあった。

大沢家は肝煎として京への使節を務めているために江戸を留守にしているという。

高家のうちでも、

「大沢当代は禁裏に詳し」

と江戸城中でも宮中との折衝に長けているとの評判があった。官位も高家のなかでも高い正四位下少将であった。このことだけ見ても禁裏と大沢家の結びつきは濃密といえる。

小籐次と子次郎は、俎橋で会い、近くの高家肝煎の大沢家の表門に立った。深夜のことだ。

むろん界隈に人影はなかった。が、内堀に面して常夜灯があって大沢家御門を微かに浮かばせていた。

内所はよいとみえて御門も白塗りの塀も手入れが行き届いていた。

「当代基妹様は京の宮中使節を終えて近々この屋敷に戻って参られます」

と子次郎が言った。

小籐次はただ頷いただけだ。

大沢基妹は三十五歳の男盛りだということだ。宮中との付き合いは前述のごとく深く、公卿との交際も盛んだった。

基妹には、同じ高家土岐家から嫁いできた正室がいたが、基妹の好みはまだ大人になり切らない娘を苛《さいな》むことだという。ゆえにすでに三十歳を超えた正室とは夫婦の関係は途絶えて久しいという。

かようなことを盗人と自称する子次郎から小籐次は聞かされて承知していた。

一方の薫子姫の三枝家は三河以来の譜代だが、当代になって失態を繰り返し、役職を悉《ことごと》く解かれていた。ためになんとしても先代たちのように公方近習の役職に返り咲き、あわよくば大名の資格たる一万石への加増を狙っていた。

ところが大身旗本にもかかわらず布衣《ほい》以下、つまり無位であった。

この武家官位は、公卿の官位とは別枠で、将軍との血縁、石高・領地の規模、幕府の役職などにより定められた。いくら家禄が高くとも官位が低いときは、江戸城中の座席や礼法に表れた。大身旗本の三枝家主人としては、なんとも屈辱的な思いを城中の儀礼ごとに繰り返し体験することになった。

譜代の三枝家は、先代までは「侍従」と中位の官位を保持していた。だが、当代は城中の御用において失態が重なったために、なんと布衣以下におとされていた。

当代の三枝豊前守實貴《さねたか》としては、なんとしても先代の侍従まで官位を戻す、「極官《ごっかん》」を最初の目標と定めた。そのために三河以来蓄財してきた金子を使い、工作を

いう。
江戸後期にいたると天皇・朝廷の権威が甦り、朝廷による幕府を経ない官位叙任が行われるようになっていた。そのため、高家のなかでも朝廷に深いつながりを持つ大沢家の助勢を求めることは避けられないと實貴はさる人に教えられたと重ねてきた。だが、なかなか実を結ぶことはなかった。

小籐次は無言のままに高家の大沢家を眺めて子次郎を促した。

「薫子姫の屋敷はさほど遠くはないというたな」

「はい、堀を渡り、餅木坂《もちのきざか》をすこしばかり上がったところにございますので。直参旗本でもなかなかの敷地の広さにございましてな、七千坪はございましょうな。ついうっかりと忍び込み、離れ屋で」

「お姫様に見咎められたのであったな」

「へえ、ぬかりました」

「そのお陰で高貴なお姫様と知り合いになったではないか」

小籐次が声もなく笑った。

「赤目様のように話の分かるご仁は、この世間になかなかいませんや」

「わしが騙されたのはそなたが久慈屋の研ぎ場に持ち込んだ懐刀、菖蒲正宗を拝まされたせいじゃ。これほど厄介な手入れとは努々《ゆめゆめ》考えもしなかった。どうしてくれるな」

とこちらも言い訳し、子次郎を責めた。

「申し訳ございませんな、わっしなんぞは初めて懐剣なるものを見せられたんでございますよ。お姫様に、『これ、盗人、この祖母の形見の懐剣、どう思われる』と尋ねられても、まったく答えようもございませんでした」

「じゃが、薫子姫様は懐剣の曰くと、ただ今の屋敷の内所を承知しておられたな」

「へえ、わっしはその折、まさかお姫様は両眼が見えないなんて知りませんでな、いえ、出会った途端、こりゃ、わっしとは人間の出来が違うお方と思いましてな、お顔をまともに見ておれなかったのでございますよ」

「世間で評判の立つ盗人の本心は、意外と初心《うぶ》じゃのう」

「失礼ながら赤目様もお会いになれば、わっしの気持ちが分かりますぜ」

と子次郎がいうところにお姫様の屋敷に到着したか、子次郎の足が止まった。

「赤目様、この餅木坂にある三枝家は、紅葉屋敷として有名でございましてな、当代の實貴様は、手づるをたよって大沢基炑を屋敷内の紅葉狩りに招いたのでございますよ。取り持った者は茶の宗匠だったそうで」

「茶の宗匠がさような口利きもいたすか」

「人さまざまでございますよ。これはしたり、天下の武人の赤目小籐次様に講釈をたれてしまいました」

「たかが研ぎ屋の爺じゃ、なんなりと忌憚なく申せ」

「へえ、『高家大沢様は、禁裏との結びつきが濃く、深うございますし、力もお持ちです。されどこちらにお招きするにはいささか黄金色の包みを用意なされることが肝要かと存じます』と口利きの宗匠に言われたそうです」

「宗匠、屋敷に招くのに金子が要るか」

と愕然とした三枝實貴が言った。すると、しばし沈思していた茶の宗匠が、

「この私がなんとか大沢の殿様を口説いてな、こちらにお招きする手配を致しますぞ。ただし」

と言葉を止めて、

「魚心あれば水心でございますよ」

「魚心あれば水心とはどのような意か」

「そうですな、紅葉狩りの折にお姫様のことを大沢の殿様の耳にお入れなされ」

「なに、薫子を高家の大沢様にというか。そなたも承知のように薫子は目が見えぬでな」

「案じますな、私の見たてを信じなされ」

と茶の宗匠が押し切ったという。

そんなわけで高家大沢基炑が大身旗本の三枝豊前守實貴に初めて会ったのは、三枝家が招いた紅葉を見物する宴の場であった。

子次郎は薫子と話す機会が幾たびもあったが、薫子がどのような人物か小籐次にもおりょうにも一切語らなかった。

「赤目様自らの心眼で薫子様のお人柄とお気持ちを察してくだされ」

と乞うたのだ。

「ただ今、裏門を開けます」

と言い残した子次郎が闇に溶け込むように姿を消すと、ぎいっと小さな音がして裏門が開かれた。

子次郎に案内された小籐次は無言で従い、水音が聞こえる池の端の離れ屋に戸口から座敷へと静かに入っていった。

座敷には、深夜というのに清楚な衣装に身を包んだ姫君が顔を伏せて、二人を待ち受けていた。

床の間のある座敷のとなりに人の気配がした。小籐次は、薫子姫の御付きの女衆かと推量した。

座敷の端に座した小籐次が、

「薫子様、それがし、赤目小籐次と申す研ぎ屋爺にございます。盗人の子次郎どのとはそなた様の懐剣を通して知り合いになり申した。よしなにお付き合いのほどお願い申し上げます」

と言うと、薫子がゆっくりと伏せた顔を上げた。

有明行灯《ありあけあんどん》の灯りが姫の顔を白く浮かばせた。

透けるような肌と気品に満ちて整った顔の、見えない瞳が小籐次をしっかりととらえていた。

「赤目小籐次様、三枝薫子と申します。どうぞ傍にお進みください。眼は見えませんが、お傍に寄られたお方のお人柄やお考えは推量できます」

「薫子様、お言葉に甘えて遠慮のう、姫君の近くに寄せてもらいますぞ」

小籐次が端座した薫子の半間ほど近くににじりよった。

小籐次は会釈すると薫子の顔を正視した。

その瞬間、ぞくり、とするほどの衝撃が小籐次の五体を走り抜けた。子次郎がこれまで話してくれたことが一瞬で分かった。二つの目はまるで百里先の事物を見通すようで、対話する人の心を無垢の瞳で見抜いていた。

小籐次は、子次郎が命がけで薫子に肩入れする気持ちを理解した。

「赤目様、薫子の懐刀を手入れして頂き、真に有り難うございました。手入れをする前は菖蒲正宗をけがれが覆っているように感じておりました。ところが赤目様が霊場高尾山の琵琶滝の研ぎ場で精魂込めて手入れをなされたあと、菖蒲正宗は五百年も前、鍛造された折のように甦りました。祖母様《おばば》譲りの懐剣を子次郎さんから受け取った瞬間、『ああ、なんともわが護刀は無垢にして清らかになった』と薫子は感動に涙致しました。改めてお礼を申し上げます。赤目様、有り難うございました」

小籐次はただ頷き、

「薫子様の満足したという言葉を直にお聞きして赤目小籐次、ほっと安堵致しました。こちらこそ礼を申しますぞ」

「いえ、礼は薫子が申すべきことでございます」

「赤目小籐次もそれなりに長い歳月を生きてきましたがな、菖蒲正宗ほどの逸品の研ぎをなしたことはありませなんだ。なんとも手入れの間は至福の時を過ごさせてもらいました」

こんどは薫子が会釈して、

「子次郎さんはどちらにおられますか」

と質した。

「これに控えております」

と廊下から声がした。

「お入りなされ」

と薫子が許しを与えた。

恐る恐る子次郎が薫子の座敷に腰を屈めて入ってきて、小籐次の後ろに控えた。

「ふっふっふふ」

と薫子の口から笑い声が漏れた。

「盗人さんも赤目小籐次様の前では形無しですね」

「お姫様や酔いどれ小籐次様の前で平然としていられる人間などこの世におりま

せん。先ほどから身震いが止まりません」

「はっははは」

と小籐次が大笑した。

「子次郎さんからあれこれと赤目小籐次様の武勇伝を聞かされました。まさかと思い、隣座敷に控える老女のお比呂に調べてもらいますと、酔いどれ小籐次様の挿話は数えきれないほどあるそうな。なんでも公方様にも御目見なされたとか」

「御目見などとご大層なものではござらぬ。今年の花見に呼ばれて酒を馳走になっただけのこと」

と小籐次が答えると、

「呆れました。わが父など三河以来の譜代の臣と威張っておられますが、家督相続以来未だ御目見が叶うておりません。それを平然と、酒を頂戴《さき》したただけと言われる方など、直参旗本にも大名諸家にもおられますまい」

「薫子様、こちらは元々西国の田舎大名の厩番でございましてな、無知蒙昧の研ぎ屋爺、公方様にお目にかかったのが現《うつつ》か夢か、よう分かりませんでな」

「ほっほっほほ」

とこんどは薫子が笑った。

「公方様にお会いしたのが現か夢か分からぬと、申されておりますよ、お比呂」

と隣座敷に控える老女に話しかけ、

「お姫様、この世で真の武勇の士は、酔いどれ小籐次様とどなたもが申されます」

と襖《ふすま》越しに声がした。

「さあて、爺のことはそのへんでよかろう。薫子様、お尋ねしたきことがございますが、宜しゅうござるかな」

と小籐次が語調を変えた。

「天下の武人に否と答えられる方がございましょうや」

「ならばお尋ね申す。お答えになりたくなくば、せずともようござる」

「なんなりと薫子は答えまする」

「わしが手入れをした菖蒲正宗、なんのためにお使いかな」

小籐次の直截な問いに子次郎が小さな悲鳴を上げ、薫子はしばし沈思したあと、

「わが命を絶つ折に使わせてもらいます」

とこちらも正直に答えた。

「やはりさようでしたか」

一座にしばし無言の時が流れた。

「ちと薫子様に願いがござる。幾日か暇を頂戴しとうござる。子次郎を道案内にこの屋敷にわしが戻って参る。その折の赤目小籐次の頼み、どのようなことであれ、従うてはくれまいか」

「このわたしをどうなさるお心算です、赤目様」

と問い返した。

「研ぎ屋爺と称しておる赤目小籐次じゃが、命を絶つための刀を研いだ覚えはござらぬ。まして、五郎正宗どのが女性《にょしょう》の護り刀として魂を込めた菖蒲正宗を薫子様の血で染めとうはござらぬ」

しばし間をおいた薫子が、

「わたしを助けると申されるか」

「お節介にござる」

小籐次の言葉にしばし沈黙した薫子が首をゆっくりと横に振った。

「翻意は出来ませぬか」

「赤目小籐次様ならばどのようなこともできましょう。されど、わたしの命を長らえたとしても、もはや三枝家は早晩お取潰しになりましょう。父母、身内が浪々の身になるのをこの薫子、見えない瞳で先々見ていくのは辛うございます、赤目様」

小籐次も沈黙の間をおいた。

「亀の甲より年の功、と世に申しますな。とはいえ、研ぎ屋爺の知恵など高が知れたものじゃが、薫子様、この赤目小籐次を信じて頂けませぬかな」

幾たび目か、薫子が沈思した。

「薫子様」

襖越しに老女お比呂が必死の声を発した。

長い沈黙のあと、薫子が、

「赤目小籐次様にお任せなされとお比呂はいうか」

「は、はい。赤目様なれば必ずや三枝家が立つ方策を考えてくれましょう。そのようなお方と信じます」

と姫に伝えた。

「薫子様、数日後、身一つでこの屋敷を出ていただきます。日にち刻限は子次郎が前もって知らせにきますでな」

「承りました」

「どこへとはお尋ねにならぬか」

「もはや赤目様にこの身を預けました」

と潔い答えが戻ってきた。

「なんぞ急なことがあれば、これを屋敷裏門のどこぞにかけてもらって下され。盗人の子次郎が気付いて用件を伺いに参りますでな」

子次郎が菖蒲正宗の手入れを頼んだ折に使った鼠の根付だった。

「はい」

「今宵はこれにて失礼を致します」

と小籐次が立ち上がり、退出した。

「盗人さん、薫子の命、赤目様とそなたに預けました」

「お姫様、わっしには赤目小籐次様ほどの力はございませんや。ただの盗人、なんの役にも立ちませんや」

「盗人さんとしても腕が立つとは思えません。貧しいわが屋敷に忍び入ったくらいですものね」

「へえ、仰るとおりでさ」

「されど、そなたはこの薫子を赤目小籐次様に結びつけてくれました。わが命の恩人です、そのことをお忘れですか」

と薫子が子次郎にいい、涙を必死でこらえた子次郎がぺこりと頭を下げて、小籐次を追って庭に出ていった。

三

駿太郎はアサリ河岸の桃井道場で朝稽古を終えると、久慈屋に駆け付けるために道場を引き上げようとした。

道場の庭の一画にある水場で葡萄棚に青い実がなり、井戸端に木漏れ日が落ちていた。

年少組は道場に残って今しばらく稽古を続けるという。このところ頭分の森尾繁次郎と清水由之助が主導して居残り稽古をし、

「駿太郎との力の差を少しでも縮めるぞ」

「われらが駿太郎の先輩であることを忘れるな」

と十三歳の祥次郎らを鼓舞していた。

駿太郎は、岩代壮吾といまや桃井道場の名物になった壮絶な打ち合いを終えた

ところだった。この打ち合いを木津勇太郎が見物していたのに二人は気付かなかった。互いに打ち合いに熱中していたからだ。

勇太郎は久しぶりに桃井道場の稽古を見て、以前の鏡心明智流桃井道場のなれ合い稽古とははっきりと変わったことを感じた。

それは道場主の桃井春蔵が変わったせいではない。道場主の春蔵は、以前も今も見所から門弟らの稽古を眺めていることに変わりはなかった。

だが、赤目小籐次・駿太郎親子が桃井道場と関わりをもったことがきっかけになって、

「稽古が厳しく変わった」

と勇太郎は理解した。

その象徴が北町奉行所の見習与力の岩代壮吾と赤目駿太郎が毎朝繰り広げる打ち合いだった。二人の打ち合いが桃井道場の雰囲気を変えたのだ、と勇太郎は確信した。

勇太郎は昔の桃井道場の門弟任せの稽古ぶりに不満を持ち、於《お》玉《たま》ヶ池《いけ》の北辰一刀流の千葉道場に入門していた。その折、桃井春蔵に相談すると、

「勇太郎、そなたが修行したき道場があれば、それがしが口利状《くちきき》を書こう」

と快く桃井道場から千葉道場に移ることを了承して送り出したのだ。これが桃井道場の道場主の気性と人柄だった。このことが江戸の三道場、千葉、斎藤、桃井の中でも技量で一段下に見られる理由の一つでもあった。

そんな桃井道場を赤目親子が、いや岩代壮吾と駿太郎の一瞬も息を抜かぬ打ち合いが変えようとしていた。

「駿太郎、われらの稽古を木津勇太郎が見物していたことを承知か」

「いえ、気付きませんでした」

「それがし、稽古を終えた直後に気付いた。勇太郎はなんぞ考えておるようだ」

「どういうことでしょうか」

「桃井道場に戻ることを考えているのではないか。そなたが桃井道場を変えたのだ」

首を捻った駿太郎が、

「勇太郎さんを変えたことがあるとしたら、岩代壮吾様と勇太郎さんお二人の厳しい決断のおかげです」

木津勇太郎が切腹を命じられた父親与三吉の首切り役を志願して、その役目を果たし、岩代壮吾は府中宿で押込み強盗一味に加わっていた勇太郎の実弟留吉に死を与えた、その覚悟を言外に駿太郎は告げていた。

「あのことはすでに終わったことぞ。勇太郎がもし八丁堀の与力・同心と子弟が通う桃井道場に戻ろうと考えたとしたら、北町奉行所の一同心たらんと気付いたからだと思う」

駿太郎はしばし沈黙したあと、壮吾に頷いた。

「それもこれも赤目小籐次・駿太郎親子がもたらしたことだ」

と言い切った壮吾は、話の間に駿太郎が汲んだ桶の水で汗を搔いた体を拭い始めた。

駿太郎が久慈屋に駆け付けると、国三がすでに駿太郎ひとりの研ぎ場を設けていた。父親の座を設えていないということは、子次郎に乞われた頼みは未だ終わっていないということか。

「父は本日も休みですか」

「朝方、こちらに立ち寄られて朝湯に参られ、新兵衛長屋で仮眠を少しの刻限ると言い残していかれました」

「父上は今も新兵衛長屋で休んでいるのですね」

刻限は九つに近かった。

「いえ、なにごとか迷っておいでのお顔でした。もはや新兵衛長屋を出ておられるのではないでしょうか」

と国三が言った。二人の問答を聞いていた観右衛門が、

「駿太郎さん、私の勘では、こたびの用事が果てるにはいましばらく日にちがかかると思います。なんとのう面倒な頼み事のようですからな」

と二人に告げた。

「大番頭さん、私だけが長屋のおかみさん方の包丁をこの場で研がせてもらってよいのでしょうか」

「うちの看板は赤目様親子です。ですが、赤目様が他用の場合は倅の駿太郎さんが研ぎ場を守る、これがうちの生き看板の務めです」

「申し訳ありません。しばらく父の不在をお許しください」

と駿太郎が願い、

「赤目様が、私利私欲のために動かれていないことはたしかです。そのことは江戸の方々がとくと承知です」

観右衛門が答えた。駿太郎は子次郎の頼みが菖蒲正宗の持ち主に関わることと

承知していたが、詳しい経緯は知らなかった。

駿太郎は研ぎ場に座し、国三が受け取ってくれていた、この界隈の住人の勝手包丁の研ぎを始めた。

同じ刻限、おりょうはお梅を伴い、寺島村の青田を望む河岸道にふたたび立っていた。

春立庵の床の間に掛ける秋の掛け軸を、萍紅葉《うきくさもみじ》と決めたあとも、この広々とした稲田の光景に惹かれていた。そこでお梅を誘い、望外川荘から徒歩でやってきたのだ。

最初にお梅の従兄の兵吉に教えられて見た青田よりまた一段と育っていた。そして、その上を爽やかな風が吹き渡っていた。

おりょうは、自然が慈しみ育てる青田の景色を素描しながら、やはり隠居の五十六の床の間は、

（萍紅葉が合う）

と改めて思った。だが、この広々とした青田を渡る風を脳裏から消し去ることはできなかった。ためにせっせと写生を続けた。

そのとき、望外川荘の主の赤目小籐次は、あれこれと迷った挙句に筋違御門《すじかいごもん》の南側にある丹波篠山藩青山家の江戸藩邸を訪ねようとしていた。

むろん老中の青山忠裕が、西の丸下の老中屋敷から、城中に出仕している刻限と承知していた。

筋違御門の篠山藩江戸藩邸を訪ねたのは、密偵の中田新八とおしんの力を借りるためだ。

当初子次郎から願われたとき、老中の密偵に相談すると厄介ごとを増やすことになると思った。三河以来の譜代の大身旗本三枝家の始末を考えてのことだ。だが、薫子当人に会い、話をしたのち、赤目小籐次の力だけでは事足らぬと考えなおしたのだ。

「おや、赤目様、中田新八様かおしんさんと約定がございましたかな」

と今や顔なじみの門番が質した。

「約定はござらぬ。ふと思いついてのこと、お二人は藩邸におられようか」

「お二人の行方は門番風情には分かりませぬ。ただ今、玄関番の若侍に尋ねて参ります」

とその場に小籐次を残して門番が玄関へと向かった。

しばらくして門番といっしょに新八が姿を見せた。

「赤目様、高尾山の御用から江戸へ戻ってこられてからさほど日にちは、経っておりませんぞ。なんぞ新たな御用を仰せつかりましたかな」

と呆れ顔で聞いた。

「うーむ、別件ではあるが高尾山行と関わりなき話ではない。新八どのとおしんさんの知恵が借りたくて、かく参上した。多忙であろうな」

と小籐次が頼み事ばかりで恐縮至極という顔をすると、

「赤目様、本業は駿太郎さん任せですかな」

と笑みを浮かべた眼差しで問い返した。

「新八どの、親として面目なし、そのとおりでござる」

小籐次は顔を伏せて返事をした。

「さて話じゃが」

篠山藩江戸藩邸の御用座敷で二人の密偵を相手に小籐次は、名鍛冶《かじ》五郎正宗が鍛えた懐剣、菖蒲正宗に関わる話をすべて述べた。

話を聞いたおしんと新八がしばし沈黙して小籐次を見た。

「赤目様方が久慈屋の主一行の帰路には従わず高尾山に残ったのは、菖蒲正宗の手入れがあったからでしたね」

とおしんが質した。

「そういうことだ、おしんさん」

「呆れました、いまや赤目小籐次様は、元祖鼠小僧次郎吉なる盗人からも頼りにされているのですね」

「おしんさん、そう睨んでくれるな。いやな、久慈屋の店先で子次郎と会った折に錦の古裂袋に納められた懐剣を見せられた瞬間、ぞくりと身が震えるのを覚えたのだ。正直な気持ちを吐露すると、研ぎ屋と自称してきたわしが、初めて出会った五郎正宗に惹かれてしまったのだ」

「並みの手入れでは終わらなかったのですね」

とおしんが追及し、新八は黙って聞いていた。

「いや、その折はまさか世間で評判の鼠小僧次郎吉とは知らずに手入れを承諾してしもうたのだ。菖蒲正宗に惹かれただけでなく、盗人の子次郎、いささか変わり者でな、いまやこやつの真似をする鼠小僧が数多おるそうな」

「元祖鼠小僧に菖蒲正宗、さらには大身旗本でありながら布衣以下の三枝某の娘、薫子姫、さらには高家肝煎の大沢家と取りどりですね」

とおしんが苦笑した。

「おしんさん、本日は手厳しいのう」

「この話、表に出れば三枝家、お取潰しになりましょう。それほどの話です」

「おしんさんや、相手の高家肝煎大沢基炋は、どのようなご仁かのう」

小籐次の問いにおしんが新八の顔を見た。

「赤目様、まず三枝家から申し上げますと、お話にあったように先代までは譜代の臣として旗本筆頭と申してようございましょう。私の聞き知るところ、三枝家の任官は先代が最後、三枝家の現当主は極官の回復に明け暮れておるそうです」

と小籐次も知っている話を新八が告げた。

「新八どの、そのせいか、見目麗しい薫子姫をわずか二百両の代わりに高家大沢に差し出す為体《ていたらく》に堕ちておる」

「高家大沢様の幼女好みは城中でもごくごく一部で知られております、こたびの話を聞いて噂は真実であったかと得心いたしました。わが殿は、おそらくご存じではございますまい」

と新八が言い切った。

「厄介なことがございます」

とおしんが問答に加わった。

「名は申し上げられませんが、老中二人が大沢様になんぞ弱みを握られておるとか、このことはわが殿も気にしておられます」

「そうか、当代の老中二人が高家にふぐりを、おお、すまん、女衆の前で下卑た言葉を口にしてしもうた。ただ今五人の老中のなかで、こちらの殿様が先任であったな」

小籐次の問いに二人の密偵が頷いた。

「高家大沢どの、なかなかの遣手じゃな」

「ただ今の高家のなかでも京の禁裏と深く結びつき、官位を左右できるのは大沢基炑様おひとりであると噂が飛んでおります」

「官位を左右するという、大きな武器を手にしておられるか」

「今の大名諸家と直参旗本の大半は、大沢様に頭が上がりますまい」

「ふーむ」

と小籐次が腕組みして思案に落ちた。長い沈思のあと、

「新八どの、おしんさんや、大沢どのが思いがけなく急死なさったとして、城中

でお困りのお方はござろうか」

二人の密偵が小籐次を凝視した。

「急死、でございますか。城中で喜ばれるお方はいたとしても悲しみに暮れるお方はおりますまい。お困りになるのは、官位を買わんと賂を差し出して、未だ願いの官位が授けられておられぬお方だけかと思います」

「ならば大沢どのには病死して頂くより他はあるまい」

小籐次が平然とした口調で言い、

「できますかな、赤目様」

と新八が小籐次を見返した。

「新八どの、それがし、薫子姫をあの菖蒲正宗で、自裁などさせとうないでな」

「されど三枝家が譜代の臣として役職に就くこともありますまい」

「三枝家は三河の出であったな」

「はい」

「大沢某、急死の折までこの話、こちらの殿様に内緒にしてくれまいか」

小籐次は無理な懇請と承知で願ってみた。三枝家というより薫子の行末を考えてのことだった。

「身罷った折に話せと申されますか」

「ちと考えることがあってな、こちらの殿にはその折にお詫びする所存」

新八がおしんと無言の会話を小籐次の前で交わし、

「赤目小籐次様に全幅の信頼を、と言いとうございます。ですがこの話、しくじった折は、それがしもおしんさんも命を失うことになりましょうな」

「その折は、わしも三途の川を渡る舟に同乗させてもらおう」

小籐次の言葉に頷いた新八が、

「大沢様の急死、いつと考えればようございますな」

「一行は旅の途中と聞いたゆえ、数日後としか答えられぬ。出来るかぎり早くご両者には知らせるということでただ今はお許しあれ」

「数日後ですか、漠とした返答ですな。ならばわれらも大沢様の身辺を、どこまでできるか知れませんが調べてみます。高家大沢様の旅とはどちらですかな」

新八はなんとなく大沢の旅を推量した体で小籐次に質した。

「大沢基炑どの一行は、京の滞在を終えて東海道を下る道中という。そろそろ箱根の関所にかかるはずとか」

子次郎がどんな手蔓でか、調べてきた話だ。

「ほう、大沢どの、京に滞在しておりましたか。また官位をエサに賂が大沢家に届くわけですか」

と新八が言い、

「おしんさん、それがし、これより東海道を駆け上る。赤目様とのつなぎ役を願おうか」

「承知しました」

とおしんが応じて、新八が立ち上がった。

昼下がりの八つ時分、ふらりと小籐次が久慈屋の研ぎ場に姿を見せ、

「駿太郎、すまぬな。そなたに仕事を押し付けてばかりじゃ」

と詫びた。

「父上、御用は終わりましたか」

「それがあと、三、四日ばかりかかりそうじゃ」

と応じた小籐次が帳場格子の上がり框に行き、

「駿太郎ひとりに仕事をさせて真に相すまぬ」

と詫びた。

「いささかいつもより早うございますが、板の間で茶を喫しますか」

と観右衛門がいうところに隣に座す昌右衛門が、

「大番頭さん、空蔵さんのお出ましですよ」

と二人に教えた。

芝口橋のいつもの場所に国三が踏み台を運んでいった。

「ありがとうよ、見習番頭の国三さん」

「芝口橋を往来の皆々様に読売屋の空蔵からめでたい知らせを申し上げます。この界隈で有名といえば酔いどれ小籐次様ですが、新兵衛長屋の元差配新兵衛様もなかなか名物のご仁、最近では酔いどれ小籐次のなりきりになって『研ぎ仕事』に熱中しておりましたがな、過日より体調を崩して、こりゃ、あちらに旅立ちかなどとまわりを案じさせましたが、目出度くも快復なされました」

「おい、ほら蔵、酔いどれ小籐次のなりきりのおいぼれ新兵衛さんの病が治った話よりな。赤目小籐次がさ、悪人どもをばさりばさりと叩き斬った話のほうが景気いいやな」

「駕籠《かご》屋の嘉万造さんよ、こんなご時世だ、血が飛び散る話はいけねえや。といって天下の赤目小籐次が関わりのない話じゃないよ。だがね、その前に芝口新町の家作、最前話した新兵衛長屋の婿、桂三郎さんの話が皮切りだ、聞いてくんねえかな。赤目小籐次の活躍話は読売でな、たっぷりと楽しんでくれ」

と一拍置いた空蔵が、

「錺職とは江戸の粋の一つですよ。煙草入れ、印伝の財布の金具なんぞに細かい飾りをつけるとよ、一段と見栄えがする。桂三郎さんの造る簪一つをさ、好事家はなんと五十両、六十両で競って買っていくそうだ。今や名人上手の名が定まった桂三郎さんがな、この界隈の金春屋敷近くに工房を兼ねたお店を出すことになったんだよ。自分で造って自分の店で売るならば、高い値で売らずにすむ。職人としていい心がけじゃないか」

「おい、ほら蔵、おれの駕籠によ、錺を付けてくれって桂三郎さんに注文したら、いくらかかるよ」

「なに、いきなり大口の注文だね。嘉万造さんの駕籠は自前だろうね」

「おお、長年勤めた駕籠屋が格別にと許してくれたんだ。自前の駕籠でよ、乗り心地はそんじょそこらの辻駕籠とは違うぜ」

「よしきた、嘉万造さんよ、桂三郎さんにおまえさんの駕籠を錺つけしてもらうとなると、江戸の評判を呼ぶね、吉原に錺駕籠で乗り付けてみな、花魁《おいらん》がぶっ魂《たま》消《げ》て客にかぶりつくね」

「客にかぶりつくのか。まあいいや、で、いくらかかるね」

「なにが」

「なにがもへちまもあるか。桂三郎さんの新しい店祝いにおれの駕籠を錺るんだよ」

「いいか、嘉万造さん、花魁の頭を飾る簪が小間物屋で五、六十両だ。となるといくら直商いとはいえ、五百両かね、いや、六百両はするな」

「ばかぬかせ、五百両なんてどこにあるよ」

「だからさ、最後まで空蔵の口上を聞けってんだよ」

と賑やかに客と問答をしながら空蔵が、
ふっ
と久慈屋を見返ると最前までいた小籐次の姿が消えていた。

(ちくしょう、酔いどれ小籐次め、仕事を駿太郎さんに任せてなんぞ企んでやがるな)

と思いながら、

「さあて、お立合い」

と桂三郎の独り立ちの話の続きを語り始めた。

四

小籐次は、そのとき、芝口橋をさけて御堀沿いに築地川へと河岸道を歩いていた。頭には鼠の描かれた手拭いをすっとこ被りにして破れ笠を被っていた。とはいえ、小籐次を承知のひとが見ればすぐに、

「酔いどれ小籐次」

と分かった。

三十間堀との合流部には木挽町七丁目の河岸道への橋が架けられていない。ゆえに小籐次は三十間堀の西河岸道へと曲がって、その名も三十間堀八丁目を北に向かう道を選んだ。

小籐次が木挽橋に差し掛かったとき、小粋な形の若い衆がひっそりと寄り添ってきた。

鼠小僧の元祖、子次郎だ。

「なんぞ工夫がついたかえ、赤目様」

「高家の大沢基妹は、どこにいるか承知か」

「野郎一行は箱根の関所を通って小田原宿に到着してやがる、今朝がた酒匂川《さかわ》を渡ったはずだ。今晩は、戸塚辺りの本陣に泊まり、明日は川崎宿かな、なんとものんびりした旅だよな。明後日朝六つ時分に立って六郷の渡しを越えて江戸入りだな」

とすらすらと子次郎が言った。

どうやら大沢一行に手下を張りつかせている感じだった。今頃は中田新八も大沢基妹一行にへばりついているだろう、と小籐次は確信した。

「高家どのは、各宿場の本陣にでかい面をして泊りを重ねてきたか」

「まあ、そんなところだ」

と応じた子次郎が、

「赤目様よ、わっしの問いに答えてねえな」

「工夫な、大した知恵も浮かばぬが、近々わしといっしょに餅木坂の三枝屋敷に潜り込んでくれぬか」

「潜り込んでどうするよ」

「薫子姫を屋敷から連れ出そうと思う」

「となると、大沢が江戸入りし、三枝屋敷に訪ねてきても姫様なしか」

「そこだ、子次郎、おまえは芝居者の家の出だったな。薫子姫の代役になりそうな役者を知らぬか」

「なに、役者に薫子様の代役を務めさせようというのか。役者と薫子様では気品が違う、役者なんてもんはよ、お姫様風を装っているだけだぜ。すぐに大沢に見破られる」

「そこがおまえの知恵の見せどころじゃ、と言いたいが難しいかのう」

と小籐次があっさりと子次郎への注文を取り下げた。

「まあ、いいや、その一件は」

と応じた子次郎が、

「薫子様を望外川荘にお連れするつもりか」

「いかぬか。お姫様は屋敷の外を知るまい」

「知らぬな」

と言い切った子次郎が、

「お姫様をよ、望外川荘にお連れしたら大喜びするな、間違いなしだ。だってよ、これまで屋敷の離れ屋で老女と二人して暮らしてきたんだからな」

「薫子様の母御はどうしておる」

「赤目様にそのことを言ったことはないか」

「聞いた覚えはないな」

「母親は母屋に暮しているんだとよ。めったに離れ屋には姿を見せないが、時折ふらりと来るんだそうだ。その折は座敷にも通らず廊下から姫の姿を確かめてさっさと引き上げるんだとよ、冷てえじゃねえか。姫が可哀想でならねえや」

「実の娘になんという仕打ちか、それとも目が見えぬことを認めたくないのかのう。さようなことならば、もっと予定を早めて餅木坂の屋敷から連れだして橋の袂に止めておく舟に乗ってもらい、望外川荘にお連れしよう」

と小籐次が考え直して子次郎に問うた。

「赤目様、お姫様ひとりかえ、老女お比呂はどうするよ。姫様がいないと分かった折、老女はひどい目に遭わないか」

「そこよ、お姫様の代役がいるというたのは」

と小籐次がまた話を蒸し返した。

「うーむ」

としばし子次郎が思案し、

「酔いどれ様よ、そういうことか」

「鼠、そういうことだ」

と言い合った。

となると小籐次の予定を変えねばなるまいと思った。まずいったん望外川荘に戻り、おりょうの了解をとるのが先決と思った。ちょうど三十間堀からアサリ河岸近くにさしかかり、船を拾おうと考えていると水面から声がかかった。

河岸道から覗くと北町奉行所の御用船から見習与力の岩代壮吾が小籐次と子次郎の二人を見上げていた。

小籐次は石段を下りて御用船に歩み寄った。

子次郎は石段の途中で足を止めた。

「岩代どの、御用かな」

と小籐次が質すと壮吾が、

「本未明、南伝馬町の煙草問屋の肥前屋丈八方に押込み強盗が入りましてな、番頭がひとり殺されて四百七十両余を強奪されましたので。朝稽古の最中に騒ぎが発覚したそうで、それがし、探索に遅れてしまいました」

と応じ、子次郎を見て、

「そやつ、『鼠参上、義捐《ぎえん》の金子有難く頂戴致候』と書き残しておったそうです」

といううと、子次郎が舌打ちした。

子次郎と壮吾は高尾山薬王院にほぼ同じ日にち逗留していたが、顔を合わせたことはない。だが、正体を互いに承知している風だった。

「赤目様、その者、昨夜どこにおったか承知でございますかな」

壮吾が石段の途中を見上げながら尋ねた。

「子次郎が昨夜どこにいたかは存ぜぬ。じゃがな、われら別件でいささか動いておるで、南伝馬町の煙草問屋に押し入る余裕などないはずじゃがな」

と小籐次が答え、

「岩代壮吾様でしたな、わっしは赤目様の申されるとおり、さような真似はしておりませんや。ですが、なんとのう、そやつのやり口、覚えがないわけではございません。確かめた暁にはあなた様にお知らせいたします」

と子次郎が言い切った。

こんどは岩代壮吾が小籐次を見た。

「この者が約定したのだ、信じてよかろう」

「あてにして待っております」

壮吾が応じて石段を見上げたときには、子次郎の姿は忽然と掻き消えていた。

「赤目様、どちらに参られます」

「望外川荘に帰ろうとしていたのだ。この辺りに船宿はなかったか」

「この船にお乗りください」

「そなた、御用の途中であろう。さような船を私用に使えるものか」

「探索に出遅れたと申しましたぞ。それにただ今、だれよりも得難きご仁に口利きして頂きました。あやつの言葉を信じて待つほうがどうやら、早く侍鼠をとっ捕まえることができそうです。果報はなんとかと申します。須崎村へ送らせてください」

　と岩代壮吾が願った。

　壮吾も書き残された文面から煙草問屋の押込み強盗が侍くずれと察していた。

子次郎の動きを小籐次に問うたのは念のためということであろう。

「ならば北町の御用船を暫時使わせてもらおうか」

　と乗り込んだ。

するとと小者らのなかになんと木津勇太郎が同乗していた。

「木津どの、落ち着かれたか」

と小籐次が声をかけた。

「お陰様にて御用に専念する心構えになりました」

「そなたと岩代どの、どちらが先に一人前の役人になるか楽しみじゃぞ」

と思わず小籐次が口にした。

「見習与力と見習同心では身分が違います」

「とは申せ、御用を務めるに身分差はなかろう。互いが補い合って御用を務める

のが江戸の住人にとって大事であろう」

「は、はい」

「与力・同心の違いがあろうと、見習がつこうとつくまいとなんの差し障りがあ

ろうか。うーむ、なんともこざかしいことを言うたものよ、許してくれ」

との小籐次の言葉に壮吾が、

「それにしても赤目様の付き合いは恐ろしいほど広うございますな」

と話柄を変えた。

「研ぎ屋爺に付き合いなどというものがあろうか」

「ご謙遜を。公方様から最前の盗人まで、手広く付き合うておられる」

「岩代様、最前の男、盗人でございますか」

と驚きの声を勇太郎が発した。

「ただ今江戸を騒がしておる鼠小僧の元祖よ」

「えっ、ならばなぜお縄にしませんので」

「勇太郎、赤目様にお聞きしてみよ」

壮吾が御用船の胴の間に座った小籐次を見た。

「あやつとはさほど古い付き合いではない。久慈屋の御用で高尾山薬王院に旅をする直前に、久慈屋の研ぎ場に手入れをしてくれぬかと、懐剣を持ち込んできたのが最初の出会いよ。いったんは断ろうと思うたが、あやつの携えていた懐剣を見て、研ぎ屋爺の眼が眩んだ。その気にさせられたのだ」

「鼠小僧が赤目様の客でしたか」

「子次郎はわが客じゃ。裏長屋の出刃包丁を研ぐのとはいささか心構えが違うでな、懐剣を高尾山まで持参した」

「あの者、子次郎という名でしたか。あやつ、われらの旅の間じゅう、赤目様の近くに忍んでおりましたな」

と壮吾が言った。

「その間にも江戸では鼠小僧次郎吉と称する輩が非情な仕事を繰り返しておった

ことを江戸に戻って知った」

小籐次が元祖の鼠小僧を援護した。

「えっ、赤目様、鼠小僧は真に何人もいるのでございますか」

勇太郎が驚いた。

「勇太郎、考えてもみよ。ただ今の鼠小僧の所業、残酷にして多彩なやり口ではないか。元祖の鼠小僧子次郎は、賂などを屋敷の内蔵にため込んでおる武家方やあくどい商いの分限者の土蔵に密やかに入り込み、盗んだ金子を裏長屋の貧乏所帯に投げ入れていたと推量される。むろん盗人は盗人、許されるはずもない。そんな鼠小僧の真似をする輩が続々と現われ、本家本元鼠小僧はどうやら赤目様と、なにごとか画策なさっておられるらしい。われらが高尾山に逗留していた間、江戸で鼠小僧の所業が続いていたとしたら、子次郎の仕業ではないことは確かであろう、ゆえに赤目様は付き合うておられる」

と小籐次の代わりに壮吾が返答した。

「そうでしたか。赤目様はかつて六百両と二百両の大金を御救小屋に寄進なされましたな。最前の盗人の子次郎と気が合うのはそのせいでしょうか」

「たわけ者が」

と壮吾が大声を上げて勇太郎を叱った。だが、本気で怒っているのではないことは、直ぐに一同に知れた。勇太郎を鼓舞する大声だと御用船の一同が承知していた。それでも、

「はっ」

と勇太郎が恐縮した。

「赤目様の行いは寄進である。義賊とは申せ、他家の蔵から盗んできた金子をいくら裏長屋にまいたとて、盗みが寄進に変わるわけもないわ。二人を比べられるものか」

「ならばどうして赤目様は元祖だか本家だかの鼠小僧の子次郎と付き合うておられるのでございますか」

「さあてのう。わが剣術の師のおやりになることは、それがしのような凡人見習与力では分からぬことばかりよ」

壮吾が小籐次を見た。

するとと小籐次は御用船のなかでうつらうつら居眠りしていた。

「勇太郎、われらが赤目小籐次様を分かるには百年はかかろうぞ」

「百年ですか、生きておりません」

「ならば頼みごとがあれば早々に相談せよ。赤目様のもとには次々に相談事が舞い込むでな」

「は、はい」

と応じた勇太郎が、

「千葉先生に道場を辞すことをお願い致しました」

「ほう、千葉周作様はなんと答えられた」

「一度赤目小籐次様を於玉ヶ池の道場にご案内してくれ、それが条件じゃと申されました」

と勇太郎が言い、

「赤目様のもとには次々に難題が舞い込むと申したろう」

と壮吾が応じた。


小籐次は岩代壮吾と木津勇太郎の二人を伴い、望外川荘の船着き場に下りた。

「さほど時は要せぬ。船頭どの、すまんがしばし待ってくれぬか」

と願った小籐次が雑木林をぬけて茶室の不酔庵の傍らから望外川荘の前庭に出た。すると縁側でおりょうが周りに絵の具を並べ、色付けをしていた。

「岩代様、こちらはどなたの別邸にございますか」

「勇太郎、われら凡人では赤目小籐次様の暮らしや考えは理解がつかぬというたな。こちらが赤目様の住まい、望外川荘よ」

「ま、まさか」

と勇太郎が言葉を失った。

「おや、わが君」

と縁側のおりょうが小籐次を見て声をかけてきた。

「お連れ様ですか」

「おお、岩代壮吾どのは承知であったな。もうひと方はやはり北町奉行所同心の木津勇太郎どのだ」

おりょうは木津勇太郎の名を聞き、何者か察したようだが、顔には一切変化を見せず、

「よう、望外川荘にお出でになりました」

と歓迎の言葉を述べた。

「おりょう、直ぐに出かける。偶さか会った北町奉行所の御用船で岩代どのが親切にも須崎村まで送ってくれたのだ」

「それは恐縮にございましたね、とは申せ、お茶くらい喫してお出でなされ」

おりょうの言葉を台所で聞いていたお梅は、すでに茶菓の仕度を始めていた。

「おりょう、わしが慌ただしくも戻ったのは、明日から数日の間、おひと方をうちに泊めることを知らせにきたのだ。よいな」

「この望外川荘はわが君の屋敷です。どうお使いになろうと主の赤目小籐次の気持ち次第でございます」

迷惑をかけるな、と応じた小籐次の用件は終わった。

「ならば茶を喫して江戸へ戻ろうか。縁側でよいか、岩代どの、木津どの」

と言った小籐次が框に腰を下ろし、

「春立庵の掛け軸か」

とおりょうの周りに散らかる絵を見た。

「はい。おまえ様、久慈屋の隠居所には、不酔庵の障子窓から覗いた、浮草が紅葉した水辺の光景がよいか、秋の稲穂の景色がよろしいか、どう思われますな」

おりょうの問いに小籐次が縁側に散った二つの絵柄を見て、

「久慈屋の隠居夫婦は静かな余生を過ごしておられる。あの春立庵の床の間には、浮草が紅葉した水辺の落ち着いた景色が似合いと思うがのう」

小籐次の返答を聞いたおりょうがしばし間をおき、微笑みを浮かべた顔で頷いた。そこへお梅が番重《ばんじゅう》に茶菓四組を載せて運んできた。お梅は二人の北町同心の役人に会釈し、

「やはり浮草の秋景色に決まりましたか」

「わが君に迷いなどございません。青田風から連想した稲穂の光景は出番がございませんでしたね」

お梅が手際よく若い二人の訪問者に茶菓を供する傍らで、おりょうがどことなく愛おし気に稲穂の絵を手にした。

「おりょう、その絵じゃが、やはり表装させせぬか」

「おや、拙い絵を差し上げるお方がおられますか」

「桂三郎さんが金春屋敷近くに仕事場を設えることになったではないか。稲穂の景色は隠居所よりこれから新たな旅立ちをなす桂三郎さんと夕の親子師弟の贈り物にせぬか」

「おお、うっかりしていました。桂三郎さんの仕事場の離れ座敷には床の間があるのでしたね。どうでしょう、ただ今の季節です。青田風の景色のほうが親子の独り立ちにうってつけとは思いませぬか」

「おお、それもよいな」

と小籐次が茶碗を手に、

「そなたらも茶と甘いものくらい賞味していけ」

と若い見習与力と同心のふたりに言った。

「赤目様、おりょう様、望外川荘はなんとも長閑《のどか》な気が流れております。町奉行所の殺伐とした気持ちが洗われます」

と壮吾が言い、茶に添えられた甘味を黒文字で口に入れた。その様子を勇太郎が恐る恐る真似た。

「わが君、桂三郎さんへの贈り物の青田風に句をそえるのはおまえ様ですよ」

「なに、わしに五七五を詠めと申すか。ううん」

浅草寺前の甘味所の生菓子を手にした小籐次は一瞬両眼をつぶり、

「父むすめ　心あらたに　青田風」

と思い付きを口にし、おりょうがしばし思案していたが、

「赤目小籐次らしく思いやりを感じます。りょうの絵におまえ様の五七五で表装させまする」

「おりょう、わしの駄作を直さぬのか」

「いえ、そのままが宜しゅうございます」

「されど、青田風の絵にわしの字はのせられぬぞ。絵にわしの五七五をのせるのはそなたに頼む。なにしろわしが字を書くと画仙紙からはみ出すからな」

と答えると壮吾が大笑いして、木津勇太郎は言葉もなくただ赤目夫婦を見ていた。

第五章　旅立ちの朝《あした》

一

小籐次は北町奉行所の御用船に送られて芝口橋の久慈屋の船着き場で下りた。

河岸道からその様子を見ていた国三が駿太郎に、

「赤目様が北町奉行所の御用船でお戻りですよ」

と教えてくれた。

「北町の御用船ですか。またなんぞ頼まれたのでしょうか」

「南と北で競い合って御用を願われますかな。うちの看板を許しもなく使いだてとは心外ですぞ、旦那様」

と観右衛門が若い八代目主人に訴えた。

「北町の御用ですか、それはありますまい」

といううところに小籐次が久慈屋の店先に姿を現した。

「岩代どのが乗る北町の御用船とアサリ河岸でばったり会ったのだ。わしが望外川荘に戻るというたら、岩代どのが須崎村まで送り、また連れてきてくれた」

「父上、母上とお会いになったのですね」

「おお、おりょうはこちらの隠居所に飾る掛け軸の秋景色を思案していたな」

「赤目様、おりょう様は舅の隠居所の掛け軸を手掛けておられましたか。それは恐縮、さような折はなにも北町奉行所の御用船ではのうてうちの船をお使いください」

と昌右衛門が言った。

「おりょうは近ごろ絵にのめり込んでおる。好きでやっておるのだ、気になさるな、昌右衛門どの」

「で、秋の絵柄はどんなもので」

と観右衛門が質した。

「大番頭さん、それは出来上がるまで秘密じゃぞ。おりょうが五十六様とお楽様にお渡ししたあと、春立庵でご覧なされ」

「いかにもさようでした」

と観右衛門が勇み足を反省し、

「わしも余計なことを口にしたおかげで五七五なんぞを詠むことになったわ」

「えっ、おりょう様の絵に赤目小籐次様の十七文字ですか。こりゃ、最上の掛け軸になりますな。秋が待ちどおしゅうございます」

「大番頭どの、勘違いをなされますな。わしが詠んだ駄句は別口でな」

「えっ、別口の注文ですか。まさか北町奉行様の頼みですかな」

「それもなしじゃ、しばらく内緒にしてくれとおりょうに釘を刺されておるでな」

と虚言を弄して観右衛門の問いを避けた。

「あ、おしんさんだ」

駿太郎の声がして、小籐次が振り返るとおしんが立っていて、

「ただ今、江戸のなかで探し当てるのが一番難しいお方が赤目小籐次様ですね」

と文句を言った。

「なに、わしを探しておったか。相すまぬことじゃ。なんぞ話かのう」

「内々の話にございます」

との低声《こごえ》を聞いた観右衛門が、

「一番奥の店座敷をお使いください、おしんさん」

と老中青山忠裕の女密偵に言った。

「お借りします」

との答えに小籐次がおしんを案内するように久慈屋の店座敷に通った。

「赤目様、北町の御用も務めておられますか」

「おしんさんや、五十路を超えた年寄りひとり、身はひとつじゃぞ。そうあれこれと頼みごとがこなせるものか。ただ、高尾山に行った折に懇意になった見習与力どのがな、わしを須崎村まで送り迎えしてくれただけじゃ」

「あらあら、猪牙舟がわりに北町奉行所の御用船を使われますか。さすがに赤目様」

おしんが皮肉をいうところにお鈴が茶を運んできた。

二人の表情を見たお鈴が黙って二人に茶を供すると下がっていった。するとおしんは袂から一通の書状を出し、小籐次に差し出した。

「中田新八が保土ヶ谷宿の飛脚屋から早飛脚で赤目様に宛て、うちに届いたものです」

「おしんさんや、文を読むよりそなたに届いた書状の内容から聞こうか」

当然文はおしんに宛てられたもののなかに同梱されていたと小籐次は思った。ならば内容はさほど変わるまい。新八の文はあとでゆっくりと読めばよいと考えた。頷いたおしんが、

「高家肝煎大沢基炑様は明後日にも江戸入りされますそうな。ですが、屋敷には戻らず餅木坂の三枝邸にいきなり立ち寄られます」

「なに、直に向かうというか」

「どうやら三枝薫子様に一刻も早く会いたい様子とか」

「朝廷と公儀を結ぶ重臣どのがなんという行いをなすぞ」

小籐次は最前おりょうに会っておいてよかったと思った。そして、手にした新八の書状を披《ひら》きかけて、

「おしんさん、ああは言ったがこの一件、すでにそなたの主様に伝わっておろうな」

「相済みません。やはりこれほどの大事、お伝えしておいたほうがよろしかろうと新八さんと相談し、報告申し上げました」

おしんの返事に頷いた小籐次が質した。

「公儀では高家肝煎どのの始末、どうなされるお心算かな」

「大沢基炑様が官位の朝廷への取りつぎをされる以上、この一件、上様以外どなたにも相談はならず、殿様お一人の判断となり、お困りの様子です」

「と申されると」

「赤目小籐次様に極秘に一任と私は解釈致しました」

「どうせよと言われるか」

「大沢基炑様には明晰なる嫡子がおられます」

（そういうことか）

小籐次は沈思した。

二人の間を長い沈黙が支配した。

「大沢家が代替わりしたとせよ。三枝家はどうなるな」

「殿は先代までの三枝家当主の奉公を考え、江戸の屋敷を畳んで三河の所領に戻られるのがよかろうと考えておられます」

「二家両成敗」

が老中青山忠裕の結論かと小籐次は理解した。

「高家肝煎大沢様の代替わりは、城中の大半のお方が歓迎なさると殿は見ておられます」

小籐次はまた沈黙した。が、こたびは短かった。

「おしんさん、相分かった」

「一つだけ注文がございます」

「なんじゃな」

おしんの注文は、いや、老中青山忠裕の注文は小籐次にとって思いがけないものであった。

「生かせ、と申されるか」

「は、はい」

幾たび目の沈黙か、小籐次は迷いに迷った。

「よかろう」

と小籐次が返事をしておしんとの話し合いは終わった。


翌日の未明、小籐次は駿太郎の助けを借りて、餅木坂の三枝邸から薫子ひとりを連れ出し、駿太郎が薫子を負ぶって蟋蟀《こおろぎ》橋の袂に下り、舫っていた小舟に乗せた。小舟はいつも設けられている研ぎ場を外して真ん中を薫子の座席にしてあった。そして、駿太郎が竿と櫓を使い、内堀から鎌倉河岸へと向かった。

　薫子は駿太郎が何者か分からなかったが素直に従った。しばしの間初めての体験に口も利けなかった薫子が、

「赤目様、薫子は初めて屋敷の外の世界に接しているのですね」

　と傍らに寄りそう小籐次に尋ねた。

「いかにもさよう。いかがですな、江戸城近くの堀を吹く風は」

「爽やかです」

「姫、これから参る先は江戸府内とは異なり、長閑で平穏な地にございますぞ」

「赤目様はどちらに薫子を連れていかれようとしておられますので」

「それはしばらく内緒でござる。それより姫は、江戸がどのようなところか承知しておられますかな」

　小籐次が薫子の知識がどの程度か知ろうとして問うた。

「千代田城を中心に武家屋敷が取り囲み、さらには商人たちが住まいする町家があるとお比呂から聞かされています。私の知る江戸はそのようなものです」

「姫、隅田川という名の大河が流れて、江戸を二つに分けていることをご存じか」

「大川と江戸の方々が呼ぶ川が海に流れ込んでいることと、夏などには花火の催しがあることを遠くから響いてくる音で承知です」

「よう姫は江戸を承知しておられる。ただ今小舟は一橋御門をぬけて、鎌倉河岸というて江戸城が造られた折に最初に荷揚げ場になった河岸へ向かっております。江戸でもっとも古い鎌倉河岸には豊島屋と申して桃の節句を前にして白酒を売り出す酒問屋がございます」

「薫子は豊島屋の白酒なれば幾たびも頂いたことがございます。わが屋敷の近くにございましたか」

「ほうほう、山は富士、白酒は豊島屋と称される白酒を飲まれたことがあるか」

「赤目様はたいそう酒を召し上がるそうな」

「老女お比呂が申されましたか」

薫子がくすくすと笑った。

「江戸城、姫のいわれる千代田の城を御三家や老中、譜代大名の屋敷が取り囲んでおります。その付近をわれらの小舟が通っております」

小籐次の言葉を薫子は必死で理解しようと努めていた。

「商人は城近くに住んでおりませんか」

「お城の東側には町家がございましてな、五街道の起点となる日本橋があり、その傍らには魚河岸があります」

「魚河岸、ですか」

「そろそろ江戸の内海や安房や相模の海で採れた魚が船足の早い押送船《おしおくり》に積まれて、魚河岸に水揚げが始まる頃合いではなかろうか」

「そうですか、お城近くに町家もありますか」

「姫、江戸府内の土地のおよそ七割は武家屋敷にございます。そして、大名諸家の江戸藩邸には国許から江戸に参勤交代でやってきた勤番者と称する武家が大勢住んでおりますな」

「わが三枝家もそのような一家ですね」

「姫の一族は家康様の御家臣、およそ二百年以上も前に江戸に入った譜代の臣ゆえいささか大名家とは立場が違いましょう。わしの申すこと、姫は分かりますかな」

「半分ほども分かりませぬ」

「素直でよろしい。これから一石橋を潜り、江戸でいちばん繁華な日本橋の下を通ります。姫、大変重要なことをこの爺が申し上げます」

「なんでございましょう」

「江戸の中心は千代田城、それを直参旗本衆や大名諸家が囲んでおると申し上げましたな」

「はい、最前お聞きしました」

「この江戸を、いえ、日本をどなたが支配しておられると思いますな」

「それは公方様にございましょう」

「公方様が武門の長であることは今も昔も変わりはございません。ですがな、江戸の大半を占める武家方の首根っこを商人方がしっかりと押さえておりましてな」

　薫子がしばし沈思して小籐次に尋ねた。

「それはどういうことでございましょうか」

「いささか爺が軽はずみなことを申し上げましたな。武家方の多くは商人から金子を借りておられるのです」

「ああ、わが屋敷も札差と申す輩に大変な借財をしておると老女のお比呂が密かに漏らしたことがございます」

「いかにもさよう、それは姫の三枝家だけの話ではございません。大半の大名、旗本衆が御蔵米を何年も先まで札差から前借りしておりまする」

薫子が黙り込み、小籐次がいささか無理な話をしてしまったと反省した。

「姫、ただ今日本橋を潜りますぞ」

薫子が見えない両眼を上げて橋に向けた。

「日中は、大勢の人々が橋を往来して賑やかです。橋を潜って左手に魚河岸がございますぞ」

薫子が小籐次の言葉に従い、眼差しを左手に向けた。

東の空を日の出が染め始めた。すると薫子が、

「ああー」

と驚きの声を漏らした。

「どうなされた」

「薫子の眼になにか明るいものを感じます」

「それはな、姫がお天道様の光を感じておられるのです」

「かようなことは初めてです」

薫子が光を感じる東の空へと眼差しを向けた。

魚河岸の地引河岸界隈に相州三浦辺りから魚を載せてきた押送船が競い合って

つけようとしていた。

「薫子姫が召し上がる魚はこの魚河岸からもたらされたものですぞ」

「わたしが初めて知ることばかりです」

と薫子の顔に喜びがあった。

「おおー、酔いどれ様よ。愛らしい姫様を伴い、どこへ行こうてんだよ」

魚河岸に働く若い衆が小籐次に声をかけてきた。

「愛らしい姫君はな、わしの孫娘じゃぞ」

「ほうほう、酔いどれの旦那には、若い嫁女のおりょう様の他に隠し女がおるか」

「おるぞ、それも一人ふたりではないぞ」

「酔いどれ様がえらいほらを吹いてご機嫌じゃな」

「本気にせぬか」

「本気にできるものか」

小舟は一気に日本橋川を下り崩橋から箱崎をぬけて大川へと出ようとした。

「光が一段と強くなりました」

「お姫様、お天道様が上がったのです。これから大川に出ますからね」

　それまで黙ってふたりの問答を聞いていた駿太郎が櫓を漕ぎながら初めて口を利いた。

「そなたはわたくしを負ぶってくれたお方ですね」

「赤目小籐次の倅の駿太郎です、薫子様」

「えっ、赤目様のご子息ですか。赤目様にさように若いお子様がおられますか。おいくつです」

「薫子様、駿太郎は十三歳です」

「えっ、わたしより若いのですか。赤目様のご子息は、もっと年上のお方かと思いました」

「背丈だけは父より一尺も高いです」

「驚きました。赤目様は」

「五十路を超えた年寄り爺に十三の倅はおかしいですかな」

「おりょう様はお若いとお比呂が教えてくれました」

「薫子様、真の父親と母親は駿太郎が物心つく前に亡くなりました。私は赤目小籐次の実の子ではありません、りょうも実の母親ではございません」

駿太郎が屈託なく薫子に言った。

「なんと、赤目様とおりょう様は育ての親でしたか」

「はい。でも、私どもは実の身内以上です。この話になると何日もかかります。薫子様、望外川荘にいる間、母のりょうからとくとお聞きください」

駿太郎の言葉に薫子が黙り込んで考えていた。

「駿太郎どの、わたしはただ今望外川荘と申す赤目様の屋敷に向かっているのですか」

「そうです、さしさわりがございますか」

「いえ、お比呂が赤目小籐次様とおりょう様の話を、おそらく読売というもので知ったのでしょうが、聞かせてくれました。楽しみにございます」

「それはよかった」

と駿太郎が言った。

「もしやして駿太郎さんは公方様に御目見なされたことがございますか」

「読売で読みましたか、ああ、ご免なさい」

と言った駿太郎が急にうろたえた。

「駿太郎さん、わたしの眼が見えないゆえ字が読めないと思われましたか」

「薫子様はお読みになれますか」

「いえ、読めません。それは紛うことなき事実です。このことを哀しむ時節は遠くに過ぎ去りました」

「父上、薫子様は見目麗しいだけではございません、賢い姫君です」

「おお、子次郎が姫君につくす曰くが分かったか」

「はい、父上、私が手伝うことがあればなんでも命じてください」

「その折は願おう」

小籐次が応じて小舟の三人が思い思いの考えに浸った。

小舟は大川を一気に上がっていく。

「薫子様、隅田川は場所によって呼び名が変わります。この界隈は大川と呼ばれますがもう少し先にいくと浅草川と呼ばれます、浅草寺近くを流れる川という意味でしょう。さらに上流に行くと荒川です」

と駿太郎が説明した。

「わたくし、広い景色を流れの上から感じとれます、初めてのことです」

「小舟に揺られて船酔いしませんか」

「いえ、このような心地よい気分は初めてです」

薫子の顔色が夏の陽射しに薄紅色に染まっていた。

「薫子様、菖蒲正宗を携えておられるな」

小籐次が不意に薫子に問うた。

「はい」

「その懐剣、しばしわしに預けてくれぬか。必ずや数日のうちにお返し致す」

と願い、薫子が襟元から出すと小籐次に渡した。そんな問答を聞きながら駿太郎が、

「もう少しで竹屋ノ渡しに差し掛かります。その先で水路に小舟を入れると、きっとクロスケとシロが興奮して薫子姫を迎えてくれます」

「クロスケさんとシロさんですか」

「人間ではありません。お屋敷では生き物は飼っていませんか」

「物心ついたときには、離れ屋で老女のお比呂と二人だけで過ごしていました」

と薫子が答えた。

駿太郎が水路に小舟を入れると、わんわんと興奮した吠え声がして二匹の犬が湧水池の岸辺に飛び出してきた。

「ああ、犬ですね」

「はい。両方して薫子姫に会えてうれしいのです。決して怖いことはありません

から安心してください」

　駿太郎が小舟を船着き場に着けるとクロスケとシロが尻尾を大きく振って小舟に飛び込んでこようとした。

「待て」

　と制止した駿太郎の声に二匹が動きを止めた。

「お座り」

　と次なる命に二匹が船着き場に座って薫子を見たとき、ふいに興奮を鎮めた。動物の勘で薫子の体に差し障りがあることに気付いたのだろう。

「薫子様、父上と私の手を支えに船着き場に上がりましょう」

「はい」

　初めての場所に不安げな薫子は父子の手助けで船着き場に上がった。するとシロが小さな甘え声を上げた。

「薫子様、ゆっくりと手を差し出してみてください」

「こうですか」

　と差し出す手をシロがなめ、クロスケが薫子の足に寄り添うようにした。

「ああ、わたし、初めて犬の温もりに触れました」

と薫子が上気した声を漏らした。

「よう、望外川荘にお出でになりました。私ども赤目一家、喜んで薫子姫様を歓待いたします」

とおりょうの声がした。

二

夏の朝の光が穏やかに望外川荘に散っていた。夜の涼しさを残した風が隅田川の流れを渡り、築山下の泉水の水面をこえて座敷へ吹いてきた。

「薫子様、お疲れではございませんか。ならば少しお休みになりませぬか」

おりょうが徹宵《てつしょう》した上に初めての、

「旅」

を経験した薫子に言った。

おりょうの声を聞いた薫子は、武家方の出と気付いた。

なんとなくおりょうは町方の者ではないかと薫子は推測していたのだ。それは、赤目小籐次の仕事が研ぎ仕事、それも職人の道具や裏長屋の住人の包丁の手入れと聞いていたからだ。

「いえ、初めて訪ねた望外川荘で仮眠をとるなど勿体のうございます。おりょう様、武家方の出でございましたか」

　薫子がおりょうの出自を口にした。

「私は御歌学者北村の家系に生まれました、父の縁で旗本大御番頭の水野監物様の下屋敷に行儀見習のために十六歳の折に奉公に出ました。わが君は西国のさる藩の家臣でしたが、下屋敷が私の奉公先の水野家のすぐ近くにございまして、不安を抱えて奉公に出た折の私を見かけたそうです」

「おりょう、見かけただけではないぞ。なんと美しい娘かと厩番のそれがしはほのかな恋心を抱いてな、遠くから崇めておったのだ。さあて、さような時節が何年続いたかのう。わしは、最初に見た瞬間から北村りょうのために生涯を捧げようと心に決めたのだ」

　小籐次の正直な告白に薫子が圧倒されたか、光は感じるという眼差しを小籐次に向けた。

「おふたりしてなんと麗しい記憶をお持ちでございましょう。赤目様は、いつおりょう様に胸の想いを伝えられました」

老女とふたり、離れ屋に暮らしてきた若い薫子は小籐次の恋に関心を抱いて聞いた。

「はて、いつであったかのう。内職ばかりの下屋敷の厩番が胸の想いを大家の奥女中に伝えるなどありえぬわ。そんな折、わが主が城中で同じ詰めの間の四家の大名方に辱めを受けられたと聞き、わしは下屋敷を辞した」

「ああ、お比呂から聞かされました。旧主の恥辱を雪がんと四家の大名行列の御鑓先をお独りで切りとられたのですね。世間では『御鑓拝借』騒ぎと呼んで赤目小籐次様の武勇が一気に江戸に広まったそうですね」

「姫、遠い昔に過ぎ去った日の愚行よ」

「いえ、武士が忘れた忠義の心をお独りで身をもって示されたのです。そのあとも数多の義挙を繰り返され、天下一の武勇の士として知られるようになったそうですね」

「薫子様はわが君の行いをようご承知ですね」

おりょうはおりょうで、薫子に興味を抱いて尋ねた。

「老女のお比呂が読売を読んで伝えてくれました。薫子は眼が見えませぬゆえ、赤目小籐次様のお姿が却ってはっきりと胸のなかでかたち創られたのです」

「その点だけは眼が見えなくてよかったぞ。ただ今眼前に座す赤目小籐次は、ただの年寄り爺、背丈は五尺そこそこ、もくず蟹を押しつぶしたような顔じゃからのう。がっかりして呆れてしまわれよう」

「いえ、薫子は眼が見えずとも声音を聞けば、そのお方のお顔が想像できます。おりょう様が惚れられるほどのお武家様ですもの」

と首肯した薫子が、

「いつもは芝口橋際にある紙問屋久慈屋で研ぎ場を構えておられるそうな。久慈屋とはどのようなご縁でございますか」

と新たな問いをした。

そこへお梅が四人の茶菓を運んできた。

「ああ、浅草寺門前の菓子司の蕎麦饅頭だ、私の大好物です。薫子様、蕎麦饅頭を食べたことがありますか」

「そばまんじゅうですか、食した覚えがございません」

「食べてご覧なさい」

駿太郎が皿に載った饅頭を薫子の前に差し出した。薫子は素直にすっと蕎麦饅頭へと手を差し出して触れ、

「かような食べ物は初めてです」

と言った。

「こうしてね、かぶりつくのが一番美味《うま》いです」

と駿太郎が口に入れ、ひと口で食した。

「うまい、お梅さん、もう二つ三つください」

と乞うた。

「このそばまんじゅうをひと口で駿太郎さんは食されますか」

「そのほうが美味いんです」

薫子が手に取って匂いを嗅ぎ、饅頭の皮の感触を確かめて口に入れ、少しばかり食して、しばし味わいを楽しんでいたが、

「駿太郎さん、そばまんじゅう、美味しゅうございます」

とにっこりと笑った。

座が蕎麦饅頭のおかげで和やかになり、お梅もその場に残った。

「赤目様、最前の問い、久慈屋との関わりはどのようなものですか」

「おお、その問いか。わしが四家の大名行列の御鑓先を切り落とすと決めた折、旧主の久留島通嘉様の参勤下番の行列を箱根路で見送ったのだ。その直後、箱根

の関所に向かう道中、久慈屋主一行が箱根へ湯治に行く旅をしていたが、その一行に山賊どもが悪さを仕掛けておったゆえ、追い払ったことがあってな。そのあと、江戸に戻った折、偶さか再会したのじゃ。そんなこんなで、久慈屋どのの長屋にご厄介になることになったのだ。それが今に続く付き合いの発端でござる」

と小籐次が曰くを説明し、おりょうが、

「薫子様、久慈屋さんばかりか、わが奉公先の水野家に危難が見舞ったときも、赤目小籐次が快く助けてくれました。『御鑓拝借』の武勇がきっかけで、一気に赤目小籐次の名は江戸に知れ渡りました。りょうが嫌な想いをしたときも助けてくれました。そんなわけでもはや赤目小籐次がりょうを想うのではのうて、りょうが赤目小籐次様を恋する間柄になったのです」

「なんと美しいお話でしょう」

「薫子様、わが君との話は二晩や三晩では語り尽くせませぬ。日にちが許すかぎり望外川荘に逗留し、静かに時をお過ごしくだされ。あれこれと酔いどれ小籐次の優しさを語りきかせますからね」

「おりょう様、有り難うございます。されど私には三枝家の命運をかけた厄介な騒ぎがふりかかっております。ひと晩、あるいは二晩、逗留させてもろうたのち、屋敷に戻り、さるお方にこの身を任すことになります」

薫子が諦観の境地で自分の運命を吐露した。

「薫子姫、そなた、一夜その者に身を任せ、わしが手入れをした菖蒲正宗で自害をする心づもりじゃと言うたな」

小籐次の問いに、駿太郎とお梅が言葉を失い、しばし間をおいて薫子が頷いた。

その言葉に対して瞑目した小籐次が、

「わしが精魂こめて研ぎ上げた懐剣をそなたの血で染めたくはない」

と言い切った。

「赤目様、お許しください」

「盗人の子次郎もそなたの覚悟を推量したゆえ、菖蒲正宗の手入れをわしに頼んだのであろう」

薫子がこくりと首肯した。

「霊場高尾山の琵琶滝の研ぎ場で手入れした懐剣じゃぞ、薫子様の血には決して染めさせせぬ」

と小籐次が念押しするように繰り返した。

駿太郎は、薫子が自害できないように、父が最前舟中で菖蒲正宗を取り上げたのだと気付いた。

「お相手様は城中で強い力をお持ちの方とか」

とおりょうが小籐次に質した。

「元禄の御代、赤穂藩の浅野内匠頭様も高家吉良と朝廷の勅使接待をめぐるいさかいで堪忍袋の緒をきらし、城中で刀を抜く羽目に堕ちた。ために当の内匠頭様は切腹、浅野家は断絶したな。その成り行きを見た家老の大石内蔵助どのら四十七士が積年の苦労の末に高家吉良邸に討ち入り、旧主の仇を討った。高家相手の諍いはことほどさように厄介であることは確か」

「ゆえにわが身を一夜だけ捧げます」

と薫子が言い切った。

「と、姫が潔う覚悟をなされようと、相手はどう考えますかな。おそらく姫の父君との約定など守る心算はございますまい」

小籐次の言葉に薫子が光しか感じぬ眼差しを向けた。

「もはやわが三枝家は滅亡するしかございませんか」

薫子が血を吐くような口調で呟いた。

「お姫様、子次郎さんが父上を頼られたのはそのことを避けたいからでございましょう。このこと、父に任せませぬか。必ず薫子様によき結果がでるとは言いきれませんが、さような輩はこの世から消えてなくなることがいちばんよい」

と駿太郎が小籐次を見て、言い切った。

「それがのう」

と小籐次にしては珍しく言い淀んだ。

やはり、と言いかけた薫子に、

「薫子様、そのことはこの望外川荘に滞在中はお忘れなさいまし」

とおりょうが忠言し、薫子が頷いた。

「駿太郎、頼みがある」

「なんでございましょう」

「そなた、二日ばかり桃井道場の朝稽古も研ぎ仕事も休んで、望外川荘で過ごしておれ」

一瞬間をおいた駿太郎が、

「薫子様の身をお守りしろと申されますか」

「そういうことだ」

「畏まりました」

と承知した。

「おまえ様はどうなされますな」

「大沢なにがしに会う前にいささか仕度することがある」

小籐次が高家の名を初めて口にし、

「こやつ、京より何組か用心棒らを江戸へと伴ってきたそうな。まさかと思うが用心に越したことはないでな」

「赤目様、こちらにも大沢様の手が伸びると申されますか」

「そこはなんとも申せぬ。望外川荘に京から連れてきた用心棒風情が何人襲いきたとしても駿太郎が対応しよう。薫子姫、駿太郎の実父は須藤平八郎と申す剣術の達人であった。その駿太郎を物心つく頃から厳しく鍛え上げたのはこの赤目小籐次である。敵が子供と油断して、相手してくれたらよいがのう」

と小籐次がいい、

「安心してな、江戸外れの長閑な暮らしを楽しんでいなされ」

と言い添えた言葉に薫子が素直に頷いた。

「よし、わしは参る。駿太郎、小舟を借りていくぞ」

「望外川荘はお任せください」

小籐次がふたたび望外川荘から出かけ、薫子が、

「ご迷惑をおかけ申します」

と詫びた。

「もはや私どもは身内同然の間柄です。さような言葉は不要です」

とおりょうが言い、駿太郎が、

「母上、父上が残した蕎麦饅頭頂戴していいですか」

「駿太郎、薫子様に勧めるのが先ですよ」

「おお、しまった。薫子様、もう一つどうです」

ふっふっふふ、と笑った薫子が、

「蕎麦饅頭、美味しゅうございましたが、二つは頂けません。駿太郎さんはいくつ食すれば満足ですか」

うーむと考えた駿太郎は、

「父上は酒を何斗も飲まれます。私は酒より甘い菓子がいい。母上がよいと申されるならば、この程度の饅頭は十や二十は食べられます」

駿太郎の返答に薫子とおりょうがあきれ顔で、

「まさかそのような」

「薫子様、駿太郎の胃の腑は際限がありません。父と子が酒と甘味で競い合うなどりょうは、想像したくもありません」

と苦笑いし、

「薫子様、剣術の稽古をしてご覧なさい。いくら食しても満腹になりません」

と駿太郎が言い返した。

「父子してなんということかと薫子様が呆れておられますよ」

「母上は和歌を詠んだり、絵を描いたりするのが仕事ですから、腹が空かぬのかな」

と駿太郎が自問するように言った。

「おりょう様は、御歌学者の家系と申されましたね、絵も嗜《たしな》まれますか」

と薫子が尋ねた。

「絵は近ごろ関心を抱くようになりました」

「薫子様、去年のことです。私ども一家で老中青山様のお国許丹波篠山に参り、母上は青山家の先祖が嫁入り道具に携えてこられた『鼠草紙』という絵巻物を見て、この望外川荘に戻ったのち、記憶を頼りに写しを作ったのです。それがきっかけで絵も描くようになったんです」

と駿太郎が説明した。

「おお、薫子様と駿太郎にも聞いておきましょう」

座敷に散らばっていた青田波の光景と、泉水に浮かぶ萍紅葉を薫子の前に伏せておいた。

「薫子様、あなた様の眼は光しか感じられないと申されましたな。ですが、人間は眼だけで物事や人柄を認めるのではありますまい。耳が聞こえないお方は、他の四感で聞こえない音を想像するのではございませんか」

「おりょう様、いかにもさようです。私は眼が見えない分、音、匂い、物や人に触れた感じなどで見えない物や人を想像します。最前から、赤目小籐次様の風采を想像し、またおりょう様を感ずるのはお二人の落ち着いた声音です」

「薫子様、かぎりない食欲でこの駿太郎を想像するのですか」

「はい、そうです」

「やっぱり、人前で饅頭をいくつも食べることはよそう」

駿太郎ががっかりとした顔で漏らすと、薫子が微笑んで、

「いまのは冗談です。駿太郎さんのお人柄は、むろん声音もございますが、機敏で身軽な動きから戦国時代の若武者を、それも心細やかな気遣いの若武者を勝手

に思い描いています」

「ふーむ、人それぞれですね」

　というところにおりょうが青田波と萍紅葉の二枚の素描に色付けしたものを表に向け直した。

「薫子様、一つはちょうど今頃の青田を吹き渡る風、青田波の景色です。昨日でしたか、わが背にこの絵に句を添えてくだされと願ったところ、『父むすめ　心あらたに　青田風』と詠みました」

　と説明したおりょうが桂三郎とお夕の仕事が錺職であることやふたりが師弟でもあること、新たにこたび金春屋敷近くに店を兼ねた小さな工房を持つことになったことなどを言い添えた。そして、

「薫子様はお城近くの屋敷だけでお育ちゆえ、広々とした田圃を想像できますまい。明日にも青田のあぜ道に立ってみましょうか」

　と告げた。

「さてもう一枚は、久慈屋の隠居所の床の間に飾る掛け軸の素描です。晩年を迎えた老夫婦の隠居所に秋の景色として、最初、田圃の景色を考えました。秋模様は稲穂が実り、黄金色に輝く稲穂の波です。されど、静かな余生を過ごされるご

隠居夫婦には、もう少し動きも音もなく、静かな色だけがある浮草が色づいた景色がよいかと考えなおしました」

と二枚の絵を説明したおりょうが、

「薫子様、これは下絵です。好きなように触って感触なり匂いなりを想像してみてください」

と願った。

薫子はおりょうの説明を一語たりとも聞き逃さずに記憶して、ゆっくりと顔を二枚の絵に近づけていった。そして、見えない両眼を二枚の絵をなめるように移動させ、最後には絵の表面を指の腹で触った。さらに両眼を絵から離し、また近づけて掌で触れた。

最後に姿勢を正すと瞼を閉じて瞑想した。

おりょうはいささか残酷な試しを薫子に願っていた。駿太郎はそのことを案じていた。

「秋の陽射しの水面に浮かぶ萍紅葉は、どちらでございましょう」

「こちらです」

と薫子が迷わず自分の膝の前の左の絵を差して、持ち上げた。

「おお、すごい、薫子様」

駿太郎が驚きの言葉を発した。

「どうしてそちらと思われました」

「紙に描かれた顔料の手ざわりから水の冷たさと浮草の感じが伝わり、余生を過ごすご隠居夫婦が私の脳裏に浮かびました」

「驚いた」

と駿太郎が言い添えた。

「では、右手の絵はいかがですか」

「おりょう様、広々とした青田に吹く風を感じたくなりました。それに赤目様が詠まれた『父むすめ　心あらたに　青田風』が伝わって参りました。明日にも田圃のあぜ道にぜひ連れていって下さい」

と願った。

三

望外川荘にふらりとお梅の従兄の兵吉が訪ねてきた。

昼下がりの刻限だ。

二匹の犬が訪いを歓迎するように庭から船着き場へ飛び出していった。

駿太郎が腰に孫六兼元を差し、傍らに木刀を置き、女たちと一緒に縁側で、だれが来たのだろうと犬たちの行動を見守った。するとクロスケとシロにまとわりつかれて偉丈夫の船頭が姿を見せた。

「兵吉従兄《あに》です」

とお梅が言い、どうしたの、従兄さん、と叫んで聞くと、

「近くまで来たんでな、寄ったんだ。なにか手伝うことはないか」

と叫び返した。

お梅がおりょうを見て、

「まだ刻限が早うございます。寺島村の青田を見に薫子様をお連れしましょうか」

「いい考えです。駿太郎はお梅の従兄さんとは初対面ですね」

おりょうが駿太郎と薫子を紹介し、寺島村へ二匹の犬の散歩を兼ねて猪牙舟にしてはいささか大きな新造舟でいくことにした。

男たちが船着き場で、女たち三人がゆったりと乗れるように仕度をしていると、

クロスケとシロは舳先に乗り込んだ。

「駿太郎さん、赤目様は研ぎ仕事かえ」

兵吉が駿太郎の舟の扱いを見ながら尋ねた。

「研ぎ仕事ではありません。いささか事情があるお節介の最中です」

「あのお姫様に関わりがありそうだな」

「はい」

「それで駿太郎さんが望外川荘を守っているというわけか」

「まあ、そうです」

駿太郎が答えるところにお梅に手を引かれて薫子が竹林から姿を見せた。

「うむ」

兵吉が薫子の恐々《こわごわ》とした歩き方を見て、訝し気な声を上げた。

「薫子様は眼が見えないんです。これまでお屋敷の離れ屋でおつきの老女と二人過ごされてきたんです。そんな事情もあってうちに数日逗留されます」

と小声で告げた。

「あんなに綺麗なお姫様の眼が見えないなんて、そんな風には見えねえがな。世の中には訝しくも哀しいことがあるもんだな。いくつだえ」

「十五と聞いています」

「駿太郎さんの二つ上か。あちら様が年下に見えるな」

と兵吉が驚きを隠せない様子で迎えた。

薫子の体を抱えた駿太郎が兵吉に渡した。兵吉はまるで壊れものでも扱うようにそっと舟の胴の間に下ろした。最後におりょうが船着き場に姿を見せて乗り込んだ。

舳先に立って竿を構えた駿太郎と艫で櫓を握った兵吉が真新しい舟を湧水池へと出した。

「駿太郎さんよ、湧水池を横切ると寺島村の田圃に近いぜ」

駿太郎の知らない水路へと女三人犬二匹を乗せた舟を誘《いざな》い、ゆっくりと進んでいく。

「さすがに本職ですね、櫓の漕ぎ方が上手です。まるで氷の上をすべるように進んでいきます」

「駿太郎さんも竿の扱いがよ、素人にしては上手だぜ。毎日のように須崎村と芝口橋をあの小舟で往来しているからな、並みの船頭ではできっこねえな」

「なにしろ古い小舟ですからね」

「駿太郎さん、先日よ、ちらりと見かけたがありゃ、古い小舟じゃねえな、ぼろ舟だな」

と兵吉は感じたことをずけずけと口にした。だが、嫌味は全く感じられなかった。

「そうか、ぼろ舟か。父上と話してもう少し大きな舟に替えましょうか」

「おお、望外川荘には公方様だって狩りの帰りにお立ち寄りになるんだろ。新しい舟を造りねえな。うちの親方と懇意の船大工がいるからよ、いくらか安くできるぜ」

と兵吉が応じるとお梅が、

「従兄さん、赤目様の後ろ盾は紙問屋の久慈屋さんよ。あの舟だって久慈屋さんが貸してくれたものよ。従兄さんの船宿よりあちらに相談するのが先ね」

「おお、そうだったな。だが望外川荘は立派なのに肝心かなめの仕事舟があのぼろ舟じゃな」

と屈託ない口調で兵吉が言い放った。

そんな男たちの言葉のやり取りを薫子がにこにこと笑って聞いている。こんな素直な問答を聞くのは初めてなのだろう。

「おい、お姫様よ、どうだ、駿太郎さんとおれの漕ぎっぷりはよ」

兵吉がいきなり薫子に声をかけた。

「わたし、初めて乗ったのが駿太郎さんの漕ぐ舟です、今朝のことです。こちらの舟が大きくて乗り心地がよいのは分かります」

「だろ。な、駿太郎さん、ありゃ、替え時だぜ。大川をなめちゃいけねえや、上流の荒川で大雨が降ったら暴れ川になるのを承知だよな」

兵吉が言っているうちに小さな水路伝いに寺島村の青田に到着していた。

「兵吉さん、初めての水路を教えてもらいました」

「そうかえ、この辺りで生まれ育ったんだ。おれの庭みてえなものよ。帰りはよ、別の堀を通って望外川荘に戻るぜ」

と兵吉が言い、駿太郎が舫い綱を手に土手下に飛んで手際よく杭に結んだ。兵吉も艫から舫い綱を投げて舟を固定させた。続いて二匹の犬たちが土手下に飛び、お梅がおりょうの手を引いて舟を下りた。

「お姫様は最後だぜ」

兵吉から駿太郎へ薫子の軽い体が受け渡された。駿太郎は薫子を抱えたまま土手道を上がった。薫子はそんな駿太郎になんの遠慮もなく身を預けていた。

そのとき、東風が吹いてきて青田を波のように揺らした。

駿太郎がそっと薫子を河岸道に下ろした。すると薫子の頰を青田風が優しく撫でて吹き抜けていった。

「おりょう様、この風が青田風ですね」

「そうですよ。薫子様の前に広々とした青田が広がり、まるで海の波のように稲が揺れています」

薫子は顔を風の吹く方角に向けて、青田波のさわさわとした音を聞いていた。

おりょうは薫子が視覚以外の感覚を働かせて脳裏にこの光景を想い描こうとしているのを感じた。

「お梅、兵吉さんの舟を一日二日、お借りできましょうか」

とおりょうが言った。すると、お梅が答える前に兵吉が、

「おりょう様よ、船宿に戻ったら親方に話しておくぜ。酔いどれ小籐次様の御用と聞いたらよ、うちの親方はよ、赤目様の大の御贔屓《ひいき》だからさ、大喜びするな、間違いねえや。この前も帰っておりょう様を乗せたといったら、望外川荘は御用じゃねえ、船賃なんぞ受け取るんじゃねえって、怒鳴られたものな」

と長々と応じてお梅が苦笑いした。

「兵吉さん、赤目小籐次様一家は真に江戸の方々に慕われておられるのですね」

薫子が青田から兵吉の声のする方角へ顔を向けて聞いた。

「おお、それよ。赤目小籐次様とおりょう様のいない江戸は、においのしねえ屁みたいなもんでよ、つまらないぜ」

「こら、馬鹿たれ、薫子様やおりょう様の前でなんてことを抜かしやがるか」

お梅が子どものころに返ったような言葉で兵吉を叱った。

「なに、姫様の前でにおいのしねえ屁なんて言っちゃいけねえのか」

と兵吉も懲りずにお梅に言い返した。

「この界隈の女衆と違うのよ。薫子様は、大身旗本のお姫様なのよ」

「ふーむ、お姫様と付き合うのも厄介だな。おりゃ、横川界隈の船頭仲間のなかじゃ、言葉が丁寧だって評判なんだぞ、お梅」

兵吉の言葉に薫子やおりょうが笑い出し、なぜか二匹の犬まで嬉しそうに吠えた。

「母上、よいお方と知り合いになりました」

と駿太郎が言った。

「言葉遣いが丁寧な兵吉さん、最前、望外川荘に公方様がお立ち寄りになったと言われましたが真《まこと》ですか」

と薫子が問い、

「おお、真も真よ、この界隈の連中は酔いどれ様のところには公方様の他に御三家の水戸様やら老中様やら、城中のお偉いさんが立ち寄るのはみんなが知っているらあ。な、駿太郎さんよ」

「そんな噂が流れてますか」

「噂もへちまもあるかえ。駿太郎さんだって、城中に呼ばれてよ、酔いどれ様と親子で剣術を披露したんだろ」

「いえ、父上と私だけではありません。公方様の御詰衆の三人が加わって父上が投げ上げた色紙を切って花火のように白書院というところにまき散らしました」

駿太郎が思わず兵吉の言葉に乗せられて答えた。

「な、薫子様よ、酔いどれ様んとこは、こんな一家なんだよ」

「わたしはなにも知らずに育ったんですね」

「だから、お姫様は清らかな顔をしているんだな。おれがいうのもなんだが、お屋敷が嫌になったらいつでも望外川荘に遊びに来ねえな」

と兵吉が言い、

「望外川荘は従兄さんの持ち物ではないのよ」

「だからよ、先に断ったじゃねえか、おれがいうのもなんだが、とよ」

お梅と兵吉の掛け合いに一同が笑い、クロスケとシロまで喜んで青田が広がる河岸道を走り廻った。


その日、小籐次は小舟をあちらこちらに回して子次郎が姿を見せるのを待っていたが、いつもはすっと姿を見せる元祖の鼠小僧が現れる風はなかった。

「ことは明日ではなかったか。ともかくあやつがいないではどうにもならんわ。どうしたものか」

と思案した末に、小籐次は日本橋川に小舟を入れて日本橋、一石橋と潜り、御堀伝いに蟋蟀橋につけた。

すでに夏の宵が訪れていた。

小舟を舫って餅木坂を上がるころには小籐次は汗みどろになった。

手に竹竿を携えて三枝家の裏門の前に立った。当然門は閉じられていた。辺りに人の気配がないのを見定め、あちらこちらが傷んだ築地塀めがけて走り寄ると、竹竿を利して塀の上へとひょいと飛び上がり、竹竿を離すと敷地のなかへひらりと飛び降りた。

その瞬間、過日訪ねた折の離れ屋付近とは違っているように思えた。主の薫子姫が不在ゆえかように雰囲気が違うのか、あるいはすでに大沢の手の者が入り込んでいるのか。小籐次はそのことに気付かないふりで離れ屋を訪ねた。すると老女のお比呂が独りぽつねんといた。そして、小籐次の顔を見ると、

「おや、こんどは赤目様のお見えですか」

と質した。

「だれぞ訪ねてきおったか」

(離れ屋付近の奇妙な気配は尋ね人のせいか)

「最前まで盗人の子次郎がおりました」

「なに、あやつ、こちらにおったか」

「なんでも高家肝煎大沢様は、明日、夕暮れ前にこちらにお見えになるとか言い残していきました」

「おお、そうであったか。あやつも忙しいのう」

となれば離れ屋の人の気配は子次郎であったかと得心した。

「おまえ様ほどではございますまい」

とお比呂が小籐次の顔を見ながら言い放ち、

「お姫様はいつこちらにお戻りですか」

「数日後かのう」

「この屋敷にとってはよいことのようですが、薫子様にとっては不愉快千万の大沢様の訪いです。赤目様はなんぞお考えか」

と質した。

「子次郎はなんぞ言い残していかなかったか」

「すべて段取りはつけたというておりましたぞ」

「ほう、さすがは鼠小僧の元祖よのう」

と小籐次が応じると、

「子次郎は、世間を騒がす鼠小僧にございますか」

とお比呂が質した。

「と、本人がいうておる。ただしただ今出没しておる輩は、あやつの名を騙り、鼠小僧の真似事をして己を利しておるだけよ」

「なぜ、さようなことが言えますな」

「あやつに薫子姫の懐剣の研ぎを頼まれたあと、わしは芝口橋の紙問屋久慈屋の御用で高尾山薬王院に参り、あちらにかなりの日数逗留しておった。懐剣菖蒲正宗の研ぎを致したのも薬王院の琵琶滝の研ぎ場であった。

わしの研ぎの進み具合を確かめるように子次郎も高尾山界隈に逗留していたことは確か、その最中にも江戸では、あちらこちらに鼠小僧を名乗る輩が出没しておろう。子次郎は、ただ今薫子姫のためにすべての力を注いでおるでな、盗人稼業はしておらぬ」

小籐次の言葉にお比呂がしばし迷った風な顔付きのあと、

「あの者が鼠小僧次郎吉と申すならば、薫子姫のために千両箱の一つもどこぞの分限者から盗んで、殿様に届けてくれませぬか。ならば姫は高家肝煎様の人身御供にならずとも済みまする」

と言った。

「三枝の殿様は、金子も欲しかろうが極官に復して公儀の重職を得たいのであろうが。こちらの殿様に千両箱を届けてみよ、またぞろあちらこちらに賂を贈る益なき所業を繰り返されよう。それでは薫子姫の幸せにはつながるまい」

「いかにもさようでした」

とあっさりと前言を翻したお比呂に小籐次が、

「そなた、薫子姫の幸せの道はどのようなものと思うな」

と問うてみた。

薫子の物心つく前から乳母として付き添ってきたお比呂が、

「薫子姫の願いはただひとつ、静かなお暮らしです」

と即答した。

「明日、高家肝煎大沢基< unk>とやらに会うたあと、薫子姫はその考えを持ち続けられると思うてか」

「いえ、それはありますまい」

小籐次は懐から錦の古裂に納まった菖蒲正宗を取り出すと、

「この懐剣を使うて未だ自害なさるおつもりじゃな」

と念押しした。

お比呂がごくりと唾を飲み込んで頷いた。

「薫子姫は世間のことをなにもご存じありません。ひと夜、大沢に身を捧げたら三枝家が役職を得られる、官位が旧に復されるとお考えかと思われます」

小籐次がこんどは間を置いた。

「いや、薫子姫は賢いお方じゃ、どのようなことが起ころうと利口に対処なさるわ」

「姫が赤目様になにか話されたか」

「菖蒲正宗の研ぎを、子次郎に願った折から姫の覚悟を察しておった。そなた、そう思うたことはないか」

お比呂が黙り込んで思案した。そして、ゆっくりと首を縦に振った。

「赤目様、薫子姫のお命、助けてくだされ」

「そう思うゆえ子次郎もわしも走り廻っておる。すべては明日のことよ」

「薫子姫はいつこの屋敷にお戻りか」

と老女お比呂は同じ問いを発した。薫子の不在に寂しさと不安を感じているのであろう。

「最前、数日後というたぞ。姫はわが屋敷に居られる、長閑な川向うの暮らしを出来るかぎり楽しませてやりなされ」

と小籐次がお比呂を安心させるように言った。望外川荘でなにがあろうと駿太郎と剣術仲間の一人が対応できると小籐次は信じていた。

須崎村の望外川荘での賑やかな夕餉が終わった。

おりょう、薫子、お梅、そして、ただ一人の男子の駿太郎の四人での食事だ。夕餉の前に薫子はおりょうといっしょに湯殿で風呂を使った。おりょうは十五歳にしてはあまりにも幼い体に驚きを覚えたが、そのことを感情に表すことはなかった。

「おりょう様、このような賑やかな夕餉などこれまで食したことがございません。なんとも楽しゅうございます」

　湯あみをして真新しい浴衣に身を包んだ薫子が正直な気持ちを笑みの顔とともに漏らした。

「うちでは主の赤目小籐次がおるならば、酒を嗜まれます。その折、りょうも相伴しますゆえもっと賑やかになります」

「赤目様は大酒家と老女のお比呂に聞きました」

「酔いどれ小籐次などと世間で評判になり、ついそのような場に招かれますが、一番楽しい御酒はこの屋敷で召し上がる二合ほどの酒《ささ》です」

「赤目様が酒を飲まれる姿を見とうございます」

「姫、他人様であれ父上であれ、酒を飲む姿など見ていて楽しいものではございません。酔った当人が楽しいだけです。そうでしょう、母上」

「駿太郎が酒の味を分かるのは五、六年後のことですよ」

とおりょうが答えたとき、クロスケとシロがわんわんと吠えて庭に出ていった。

「どなたか参られましたか」

駿太郎が傍らにおいた孫六兼元に手を差し伸ばした。すると二匹の飼い犬は吠えるのを止めた気配があった。

「知り合いでしょうか」

と駿太郎がまだ蚊やりの燃される縁側に立った。するとクロスケとシロが庭に戻ってきた。クロスケは口に文を咥《くわ》えていた。

「クロスケ、どなたからの文じゃ」

と口から文を外すと、差出人が岩代壮吾とあるのを見て意を察した駿太郎は懐にしまった。

四

その夜、三枝薫子は生まれて初めて餅木坂の屋敷の離れ屋以外の場所で寝ることになった。おりょうと床を並べてのことだ。お梅は台所に接した自分の部屋に眠り、百助は母屋とは渡り廊下で結ばれた納屋が寝所だ。

駿太郎は近ごろお気に入りの望外川荘に見つけた広々とした屋根裏部屋に上がった。

広い望外川荘の敷地をクロスケとシロが見廻っていた。だが、その夜は、ひと声も吠えることなく、眠りについたかと思われた。

一方、餅木坂の三枝家の離れ屋では、夕餉の膳を前に老女のお比呂が、

(姫はほんとうにこの離れ屋に戻ってこられるのであろうか)

と案じていた。

自分の膳は食したが、薫子姫の膳がそのまま残っていた。

このまま母屋に返せば女中衆に怪しまれ、殿に報告がいくだろう。そうなると家来が離れ屋に薫子の様子を見にくるのが予測された。

(どうしたものか)

と案じていると、不意に薫子の部屋で人の気配がした。

「だれです」

と誰何《すいか》するお比呂に、

「老女さんよ、姫の膳をわっしが食していいか」

と子次郎の声が応じた。

「盗人、そなた、いつ来やった」

「いつ来たかって、気付かなかったかえ。薫子様が姿を消して以来、離れ屋のいずこかに身を潜めているのをよ」

と子次郎が応じたがお比呂は、

（そんなはずはない。つい最前戻ってきたのだ）

と思った。

襖を開けて姫の座敷に入ったお比呂は膳を差し出した。

「あと、四半刻もすれば母屋から膳を下げにきます。それまでに食してたもれ」

「へえ、冷え切った食い物かえ。裏長屋の貧乏人だって作りたての食い物を一つくらい食べてるぜ。どんなに貧しいものでもよ、冷たいものは冷たく、温かい食い物は温かいうちに食うからよ、うまいんだぜ」

と言いながら、

「ふーん、つまりよ、母屋の女衆は薫子姫様に情を指先ほども感じてねえってことだ。それにしてもよ、大身旗本たって大したものは食ってねえな」

あっと言う間もなく食してしまった。

「そなた、早食いですか」

「早食いだと、こんな程度の食い物をゆっくり食うと歯の間にはさまってしまうぜ、さっ、と食わねえとな、喉を通らねえ。老女さんよ、さっさと片付けてくんな。母屋の連中に怪しまれないようにさ」

お比呂はいつものように二つの膳を離れ屋と母屋を結ぶ渡り廊下に下げた。

「離れ屋では、茶も沸かせねえのか」

「贅沢を申すでない。こちらでは火を使うのは夏の蚊やりと冬の火鉢だけです。そなた、幾たびも離れ屋に押し掛けていながら気付きませぬか」

「姫様の暮らしも楽じゃないな」

子次郎は望外川荘で安心して一夜を過ごす薫子の様子を想像していた。

「老女さんよ、お姫様は先々どんな暮らしが望みなんだえ」

お比呂の問いには答えず、子次郎が反問した。

「明日でしたね」

とお比呂も子次郎の問いに答えず、

「京から江戸入りした高家肝煎の狒々《ひひ》親父がこの離れ屋に姿を見せる話か。こちらの殿様は、娘にそんな真似をさせてもよ、出世がしたいかね」

と子次郎が首を捻った。

「盗人、私とて、なんとしても姫にさような真似をしてもらいたくない。奥方様がしっかりしておられればかようなことは起こらなかったはず。なにしろ屋敷は広くて禄高とてたいしたものですが、今日の食い物を買う金子にも困っておりますでな」

とお比呂が三枝家の擁護をした。

「この子次郎が守ってやるぜといいたいが、そんな力は盗人のわっしにはねえ。だからよ、天下の赤目小籐次様に一枚かんでくれと願ったんだよ。酔いどれの旦那がなんとかしてくれるはずだがな」

お比呂は小籐次と子次郎がばらばらに行動しているように思えて不安を感じた。

「盗人、いつ、酔いどれ小籐次様は姫をこちらに戻されるのであろうか」

お比呂が子次郎に尋ねた。

「さあてな、酔いどれ様の考え一つだな」

と応じた。

だが、薫子は数日戻ることはあるまいと、子次郎は承知していた。

望外川荘でも餅木坂の三枝邸の離れ屋でもだれもが確信を持てないでいた。

そんな夜、小籐次は新兵衛長屋でそっと寝ようと床を敷いたところに訪い客を迎えることになった。

老中青山下野守忠裕の密偵中田新八とおしんだ。

「お休みなさろうとしておられるところにお邪魔しました」

とおしんが詫びた。

「こちらがおふたりに願うてのことだ。新八どの、京からの戻り人は今晩どこに泊まっておられるな」

小籐次は隣人の勝五郎の耳を気にして小声で尋ねた。

「神奈川宿でございますよ」

「となれば、昼過ぎにも餅木坂に出向かれるか」

「まあ、その心算のようです」

「従者どももいっしょか」

「いえ、京から同行している剣術家猪瀬又五郎直実と三田村左近の二人だけを同道してあとの一行は自分の屋敷に先に帰す心算です」

「あの者の用心棒は猪瀬なる者と三田村の二人かな」

「いえ、先行して江戸入りした者が五人いるはずです。こやつどもは餅木坂の屋敷を見張っていると思えます」

「新八どの、わしがな、姫君をあの屋敷から望外川荘に連れ出したで、おそらくそやつらは姫がどこにおるか承知、望外川荘をすでに見張っておらぬか」

「となると、その者ども、望外川荘に今晩にも押込みますか」

「明日の朝にも餅木坂の三枝家の離れに薫子姫は戻ってもらうことにした」

「えっ、わざわざ望外川荘に招いておいて、明日には薫子姫を三枝邸にお帰しになりますので」

おしんが訝しげな顔で聞いた。

にやりと笑った小籐次が、

「明日があるでな、年寄りは少し休ませてもらおう」

「望外川荘に駿太郎さんの他にたれぞを潜ませておられますか」

「まあ、あちらは駿太郎に任せようか」

と小籐次が言い、

「ならば私どもがその者たちをけしかけましょうか」

「駿太郎らが十分に対応しよう。爺はしばし仮眠を致すでな」

との答えに、新八とおしんは、新兵衛長屋の部屋から気配もなく姿を消した。

小籐次が床に入り直すと、トントンと壁を叩く音がして、

「おい、酔いどれの旦那、なんぞ面白そうな話ではないか。空蔵に一枚かませてはいかんか」

「勝五郎さんや、わしはこれより休むでな、声はかけんでくれぬか」

というと小籐次の鼾《いびき》がうすい壁を通して勝五郎の耳に聞こえてきた。

「ちえっ、長い付き合いの隣人を見捨てるのか、酔いどれ様よ」

勝五郎の嘆きの言葉に小籐次の大きな鼾が答えた。


夜八つ（午前二時）の刻限、須崎村の広い敷地のなかの別々の場所に二組の面々が忍び込んでいた。

一組は京から高家肝煎大沢基炑に江戸入りを前に先行を命じられ、三枝家を見張っていたが、薫子姫を連れ出した小籐次と駿太郎らに誘い出され、須崎村の望外川荘に移ってきた五人組だ。

別邸と思える屋敷には赤目小籐次のいない今、遠目にひょろりと背丈の高い若者と、小籐次の内儀らしき見目麗しい女性が絵を描いたり、皆で船を雇い、近く

の青田を見物に行ったりと実に優雅な暮らしをしていた。

「江戸は妙なところではないか。赤目小籐次とか申す爺は研ぎ屋が本職というぞ。それがこの暮らしだ」

「この界隈の里人に聞くと大酒飲みの爺は天下無双の剣術遣いというがな、年寄りを持ち上げすぎよ。この別邸に公方様が狩りの帰りに立ち寄ることもあると言いおった者もいたが、さような話があろうはずもないわ」

「なかろう、なんぞ夢話を聞かされておるのだ」

野州あたりの在所訛りが残る五人が言い合った。

「今宵にも忍び込んで駿太郎とかいう若侍を叩きのめして、われらが薫子姫なる者をあちらに連れ戻そうではないか。高家肝煎の大沢様は癇癪《かんしゃく》もちゆえ、明日の朝までに事を整えていたほうがよかろう」

「おお、そうじゃ、いくらか褒美の金子をくれるかもしれんぞ。差し障りは二匹の犬じゃな。最初こそ吠えておったが、われらの気配に慣れたか、大人しいではないか」

「まあ、忍び込む折に叩きのめせばよかろう」

と言い合った。

そんな話をしているさまをもう一人の者が見張っていることに京から江戸にもどってきたばかりの五人組は気付いていなかった。

クロスケとシロは五人に吠え立てたあと、こちらに回ってきて五人を見張る侍に、

(このにおいは屋敷の知り合いじゃ)

と感じ取ったか、好物の食い物をもらい、大人しく従っていた。

浅草寺で鳴らされる時鐘の音が川を渡って聞こえてきた。

八つの時鐘だった。

するとその音に誘い出されるように五人が動き出した。

「クロスケ、シロ、それがしに従え。望外川荘の若武者が暴れ出したら、そなたらも好きなだけ奴らに襲いかかり、五人組をちりぢりにせよ」

と侍が命じると、望外川荘の古株のクロスケが、
くわん
と小声で吠えて命に従うことを誓った。

「さすがに赤目家の飼い犬、賢いな」

と言ったとき、茅葺き屋根から綱が垂れ落ちてきて、するすると一つの影が庭

に下り立った。

むろん屋根裏の隠し部屋に寝泊まりする駿太郎だ。

「お待ちしておりました」

駿太郎が腰に孫六兼元、そして後ろ帯に愛用の木刀を差し込み五人組の前に立つと言った。

「背高のっぽめ、妙なところから現れおったぞ」

五人組の頭分が言い、

「この屋敷に三枝薫子なる娘がおるな。わしらが屋敷に帰して遣わす」

「それは親切な申し出ですね。ですが、お断わりしましょう」

「なに、われらに逆らうと申すか。われら、武者修行の実戦者である。流儀は」

「名乗る要はございません。あなたがたの流儀や名を聞いたところで覚えきれません。五人ひと組で結構です」

「ぬかしおったな。歳はいくつか」

「十三にございます。それがなにか」

「なに、元服もしておらぬ餓鬼侍か」

と応じたとき、

「そのほうら、赤目駿太郎どのの怖さを知るまいな」

五人組の背後から北町奉行所の見習与力、駿太郎の剣術仲間の岩代壮吾がクロスケとシロを従えて姿を見せた。

「文で助勢するなどというてみたが、こやつら相手ではそれがしの助けなどいらぬな」

「壮吾さん、心強いですよ。ご助勢ありがとう」

「わが師匠赤目様に望外川荘は女衆が多いゆえ加勢せよと命じられたが、どうみてもひと束いくらの剣術家もどきじゃな」

と壮吾が念押しした。

「おのれ、許せぬ」

と五人が一斉に刀を抜いた。

「われら二人に、一騎当千のクロスケとシロが加わり、五対四じゃな」

と言い放った壮吾も木刀を手にしていた。

「二匹の犬などなんの足しになろう。北瀬、おぬしが犬を叩き斬れ」

と言い放った頭分の足元にクロスケが素早い動きで突進し、足首に嚙みついて顔を左右に振り回した。

「あ、痛たた」

との悲鳴が戦いの合図になった。

頭分の悲鳴に啞然《あぜん》として動けぬ四人に壮吾が木刀を振りかざして飛びかかり、駿太郎もほとんど同時に加わったので、二人が木刀を数回振るった程度で、五人が望外川荘の庭に倒れ込んでうめいていた。

「駿太郎さん、やはり五人ひと束の口じゃな。こやつら、どういたそう。石を抱かせて隅田川の流れに放り込むか」

「魚のエサにするのですね」

と二人が言い合う足元でクロスケとシロが五人の動きを見張っていた。

そのとき、雨戸が開き、おりょうと薫子が縁側に立っていた。雨戸を開けたお梅が行灯の灯りで庭を照らした。

「薫子様、この者たちが餅木坂にお連れすると言うておりますが、どうしましょう」

「この者たちとはだれです」

目の見えない薫子が駿太郎に質した。

「高家肝煎どのが京にて雇い入れたと思しき用心棒侍五人組です」

「おや、かような刻限にわたしは餅木坂に帰りとうはございません。駿太郎さん、そう伝えてください」

「薫子様のお言葉聞いたな」

駿太郎が五人組に言った。うめき声を上げるばかりでまともな返答をする者はだれもいなかった。

「駿太郎さん、妙なうめき声が返答ですか」

「はい。クロスケとシロに足首をかまれたり、桃井道場の先輩門弟の岩代壮吾さんと私に殴られたりして返事ができないようです。壮吾さんは、この者たちそれぞれに石を抱かせて川の流れに放り込み、魚のエサにしようといっておられます」

「えっ、魚のエサにするのですか」

薫子が驚きの声を漏らした。

「薫子様、この二人の冗談です。岩代壮吾さん、駿太郎、もう見逃してあげなされ」

と言ったおりょうが、

「もはやこの者たち、雇い主のもとへ戻ることもできますまい。それとも岩代さん、北町奉行所に連れていきますか」

「おりょう様、このご時世です。小伝馬町の牢屋敷も悪党どもでいっぱいで、この程度の小物を入れる場所はありません」

と壮吾が平然とした口調で言った。

「おや、牢屋敷にも入れてもらえませぬか。ならばこの場から放逐なされ」

「母上、それがよかろうと思います」

と応じた駿太郎が、

「クロスケ、シロ、この者たちを川の傍まで追い立てていけ」

と命ずると二匹の犬がわんわんと吠えて命に従った。

犬たちに追い立てられて五人が足を引きずったり、木刀に殴られて痛む首筋を押さえたりしながら、望外川荘の庭から姿を消した。

「なにやら手応えのない連中であったな。雇い主どのは高家肝煎ですか」

「おや、迂闊にもさようなことを口にしましたね。壮吾さん、この場を離れたら、その言葉は忘れてください」

「北町奉行所見習与力岩代壮吾、確かにこの場を離れた折には忘れることを誓います。けれど、赤目小籐次様方の相手は、剣術の技量がこの程度の用心棒ではありますまい」

と壮吾が応じて、はっとしたように駿太郎に向かい、

「おお、そうだ。大事なことを忘れるところであったわ。子次郎からな、連絡《つなぎ》が入って偽鼠小僧の頭分の身許と名を知らせてきた。今日にも侍鼠をひっ捕らえて白洲に座らせるとな、酔いどれ様に伝えてくれぬか。それがし、子次郎のお陰で大手柄を得ることになりそうだ」

「そう申せば父上はお分かりですね」

「ああ、偽鼠小僧の一味もそこそこにおろう。最前の五人組など牢屋敷に閉じ込める余裕などない、ない」

悦に入った顔の見習与力岩代壮吾がさらに答えた。

「おりょう様、望外川荘ではかような騒ぎがしばしば起こるのですか」

「しばしばではございませんよ、薫子様」

「では、今宵が初めてでございますか」

「いえ、そういうわけでもございませんが」

「驚きました」

「薫子様、その代わり退屈はしませんよ」

「わたし、生涯この望外川荘にて暮らしとうございます」

と真顔で薫子が言った。

五

餅木坂の三枝邸に緊張が走った。

望外川荘に五人の悪たれ剣術家たちが押し入ろうとして駿太郎、岩代壮吾、クロスケ、シロの二匹の犬に散々な目に遭わされ、追い返された刻限から半日が過ぎた昼下がりだった。

将軍家斉の使者として京に半年余り滞在し、江戸に久しぶりに戻ってきた高家肝煎大沢基炑が二人の剣術家を伴い、三枝邸を訪問したからだ。

三枝實貴が母屋の書院で大沢に面会し、挨拶も早々に、

「大沢様、禁裏ではそれがしの官位を旧に復することを承諾なされましたか。手土産が気に入って頂けたらようございますがな」

と三枝家の懸案事項を質した。

「三枝どの、それがし、京から江戸に戻ったばかりで上様にも未だお目通りして

おりませぬ。上様への報告を前にさようなことが口にできるものかどうか考えてみられよ」

「いかにもさようでございました」

と恐縮する三枝に、

「京へ行く前に約定の一件じゃが、まずは離れ屋に通してくれぬか。そなたの娘御に拝顔したいでな」

「は、はい。それはもう」

「この界隈の評判では京人形のように美しい娘御とか」

「さような噂が飛んでおることは承知です。離れ屋の庭の手入れに入った職人どもが言いふらしたことでございまして、うちでは止めることはできませなんだ」

「それは致し方なき仕儀、まずはお目にかかろうか」

と大沢が立ち上がった。

「ご案内仕ります」

「三枝どの、父親を従えて娘御に会うなど野暮はしとうござらぬ。われらだけで離れ屋に罷り通る」

というと家来に扮した二人の剣術家を伴い、母屋から屋根付きの渡り廊下をとおり、離れ屋に向かった。初めて訪ねるにしては大沢の足取りに迷いはなかった。前もって家来に三枝邸の配置を探らせているからであろう。

ちらりと築山や葉のたまった泉水を見た大沢が、

「金子に困っているとみえて庭師が長いこと手入れした様子もないわ」

と吐き捨てた。

その言葉を聞いた用心棒侍が、

「無役が長いと譜代の臣もかように落ちぶれますか。娘を差し出して官位を願うなど直参旗本のなすべきことに非《あら》じ」

「そう申すでない。このような輩がおるで高家は実入りも娘も手に入るのだ」

と大沢が言い放った。

「いかにもいかにも」

と応じる用心棒侍の猪瀬又五郎直実と三田村左近の二人に、

「そのほうらは離れ屋の入り口の廊下にて待て」

「今宵はお泊りですかな」

「娘の味見次第じゃのう。屋敷に戻っても古女房が不貞腐《ふてくさ》れた顔で待っておるだけのこと、一晩こちらで過ごすのもよかろう」

と大沢が答えるところに廊下で老女のお比呂が待ち受けていた。

「お待ちしておりました」

「そうか、娘もわが意を承知か」

「は、はい」

「類まれなる美形と聞いたがさようか」

「はい。ですが、未だ幼い体付きにございます」

「それがよいのだ、通る」

と言い置いた大沢が離れ屋の座敷に上がり、お比呂が閉じられてあった襖を開いた。すると夜具の上に綿帽子と白装束に身を包んだ娘が背を向けて座していた。

「御前、酒をお持ちしますか」

「下り酒はあろうな」

「仕度してございます」

とお比呂が離れ屋の台所に下がった。

「薫子、という名じゃそうな。京土産を購《あがな》ってきた。事が終わったら渡すでな、楽しみにしておれ」

と大沢がいい、手にしていた刀を夜具の傍らに置くと、

「どれ、評判の美貌を見せよ」

と命じた。

娘がゆっくりと俯き加減に顔を向けた。

「面《おもて》を見せよ」

大沢の言葉に顔を上げた。じっと薫子の顔を見た大沢が、

「そ、そのほう、な、何者じゃ」

と叫んだ。

廊下に控えていた猪瀬と三田村の二人が主の怒声に刀に手をかけて立ち上がった。

その背後から声がした。

「そのほうらの相手はこのわしの掛でな」

竹竿を手にした小籐次が渡り廊下の下に立っていた。

「なに奴か」

「世間では研ぎ屋爺とか酔いどれ小籐次とか呼ばれておるが、本名は赤目小籐次というてな、まあ、浪々の末に京にて雇われたおぬしらには分かるまい」

「なにっ、『御鑓拝借』の赤目小籐次か」

とひとりが質した。

「ほうほう、京にてもそれがしの名は知られておるか」

「おのれ、何用あってかような場所に罷りこした」

「おお、わしとこちらの薫子姫はそこそこの付き合いでのう。そのほうらの主どのにはいささか不釣り合いじゃでな。もそっと美形を用意しておった」

小籐次の返答に、

「殿、大事ござらぬか」

と猪瀬又五郎が声をかけて座敷に駆けこもうとした。その脇腹へ小籐次の竹竿が延びて、鋭く突いた。すると猪瀬は渡り廊下の反対側に転がり落ちて気を失った。

「来島水軍流脇剣一手、竿突き」

と小籐次が宣告し、

「おのれ」

と叫んだもうひとりの三田村左近が刀を抜き放つと小籐次の傍らに飛んだ。すると虚空にある相手の鳩尾を片手一本に保持した小籐次の竹竿が突き上げた。

「同じく脇剣三手、飛び片手」

抜き身を下げた三田村がくたくたと小籐次の足元に崩れ落ちた。

白無垢の薫子に扮した子次郎がその気配を察して、

「大沢の殿様よ、姫様と寝るよりおめえには、元祖の鼠小僧次郎吉が相手になろうじゃないか」

行灯の灯りに浮かぶ白塗りの顔に紅を差した子次郎はなかなか妖艶だった。

「おのれ、三枝め、騙しおったか」

「おいおい、三枝の殿様にかような道具だてが出来るものか。娘を人身御供にして官位を戻してもらう夢を見ていやがるだけだぜ」

「鼠小僧次郎吉とやら、高家肝煎大沢基妹の剣術の腕を甘くみるでない」

「ほう、この鼠小僧次郎吉こと子次郎を斬ろうってかえ、やってみねえ」

と言いながら子次郎の手が着物の後ろ襟にかかると、五寸ほどの針を抜き取り、

「食らえ」

と叫びながらいきなり大沢の両眼に二本の針を突き立てた。

ぎゃあー
と叫び声の上がった離れ屋に母屋から三枝家の家来たちが走ってきた。

「子次郎、そろそろ、われらは退出のときじゃぞ」

小籐次が着物を脱ぎ捨てる子次郎に話しかけた。

「おお、合点承知の助だ」

と小籐次と子次郎が離れ屋から逃走しようとすると、老女のお比呂が、

「酔いどれ様、姫はいつお戻りですか」

「姫は望外川荘の暮らしを楽しんでおられるわ。となるといつになるかのう。こちらにお連れするのは」

「元の暮らしに戻れるのですね」

「いや、高家肝煎どのがこの有様じゃぞ、三枝家はこのままでは済むまい。だがな、薫子姫が静かなる生涯を過ごせる方策をこの爺が考えてみようか」

「約定じゃぞ、酔いどれ様」

「おお」

と言い残した小籐次と子次郎が三枝家の裏門へと走って消えた。

数日後のことだ。

小籐次は久しぶりに久慈屋の店先の研ぎ場に座った。せっせと久慈屋と足袋問屋京屋喜平の道具の手入れをしていると朝稽古を終えた駿太郎がいつもより早く

四つ半ごろに姿を見せて、親子そろっての研ぎが始まった。

帳場格子で大番頭の観右衛門が嬉しそうに、

「やはりうちの大看板は赤目小籐次様と駿太郎さん親子の研ぎ姿ですよ」

と決まり文句を漏らしたものだ。

そのとき、久慈屋の店先に紺唐草の天鵞絨巻棒黒塗の乗り物が止まり、扉がうすく開かれ、三枝薫子が赤目親子に顔を向けた。傍らに老女のお比呂だけが従っていた。

「赤目様、駿太郎さん、望外川荘滞在の日々、なんとも楽しゅうございました」

と礼を述べた。

「参られるか」

「はい」

三枝家は家禄を半分に減らされ、三河の所領に引き籠ることで家名存続が許された。ために薫子姫も東海道を上って三河に向かうのだ。

「薫子様、達者でな」

「赤目様、おりょう様に教わった和歌や絵を描きながら静かな余生を過ごします」

と寂し気な、それでいてきっぱりとした口調で、若い姫が言い切った。

「駿太郎様に負ぶわれた温もり、薫子は生涯忘れませぬ。また寺島村の青田に吹く風を頰に感じたことは薫子にとって大事な楽しい思い出になりました」

「薫子様、私ども親子、ふらりと三河を訪ねることがあるやもしれません。その折は会うてください」

「むろんです」

と応じた薫子が少し間をおき、

「薫子は、駿太郎さんのことを弟と思うております。きっと姉に会いに来てくださいまし」

「はい、いつの日か必ずや」

駿太郎も応じ、乗り物の扉が閉じられようとした。

「薫子様、お返しするものがございますぞ」

小籐次が五郎正宗の鍛造した懐剣菖蒲正宗を薫子へと差し出した。自裁を恐れた小籐次が預っていた懐剣だった。薫子が菖蒲正宗を受け取り、

「私も赤目様に」

と鼠の根付を差し出した。

「その根付は子次郎のものでございますがな、子次郎も姫が菖蒲正宗とともにお守り代わりに所持してくださるのを望んでおりましょう。お持ちなされ」

笑みの顔で頷いた薫子が、

「赤目様、盗人さんによしなにお伝えください」

「子次郎は、どこぞで姫の行列を必ず見送っておりますでな」

と小籐次が告げた。

扉が閉じられ、陸尺《ろくしゃく》たちが棒を肩にかけて乗り物が上がった。

「父上一行が芝大木戸で待っております。赤目様がおられなければ一家でご先祖代々の所領で過ごすことなどできなかったでしょう。最後にもう一度お礼を申しあげます」

薫子の声がして乗り物が芝口橋へと向かった。

駿太郎は研ぎ場から立ち上がると履物を履いて芝口橋の北詰に立ち、薫子の乗り物が東海道を上っていくのをいつまでも見送った。

駿太郎が研ぎ場に戻り、黙したまま仕事を再開したとき、親子の前に空蔵がしやがんだ。

「酔いどれ様よ、勝五郎さんに聞いたがよ。おめえさん、大身旗本のどこぞの美しい姫君のためにひと肌脱いでいるんじゃねえか。美しい話なれば、そっとわっしに教えてくれないか。おれがよ、腕を振るって美談に仕立てるからよ」

小籐次が顔を上げて空蔵を見た。

「なんだよ」

「勝五郎さんも耳が遠くなったかのう。それとも寝ぼけて夢でも見たか。年寄り爺が美しいお姫様と縁があろうはずもあるまい」

「ねえか、そうだよな。大身旗本の姫様ともくず蟹顔の研ぎ屋爺との組み合わせ、どう考えてもありえないやな」

「ないな、なんぞ他の話を探しなされ」

「うむ、それだ。高家肝煎の一家がよ、眼を患ってよ、若い嫡子に高家の職を譲らなきゃならねえって話を小耳に挟んだんだがよ。読売と高家なんてのも相性が悪いんだよ。書いたところで売れねえや」

「たしかに、読売に城中の話はいかんな」

「酔いどれ小籐次がからめば別物だがよ。なにか小ネタでもないか」

小籐次は手にしていた道具を砥石に近づけ、

「そうよな、本日、錺職の名人、桂三郎さんが金春屋敷近くに仕事場を移すぞ。

おりょうが引越し祝いに青田波の絵を描いて贈るそうだ。この話などなかなかよい話ではないか。弟子が娘の夕、これから親子ふたりして江戸の粋を究めていかれよう」

「勝五郎さんに聞いたがな、読売にいちど載せたネタだからな。なんぞ新しい切り口はないか」

「おりょうの青田波の絵にわしが駄句を詠んで加えた」

「なに、研ぎ屋爺が五七五を添えたって。歌人おりょう様の絵を汚したな」

「まあ、そういうことかのう」

と応じた小籐次の前から空蔵が姿を消した。

「読売屋の空蔵さん、どうも勘が冴えておりませんな」

小籐次の背後から大番頭の観右衛門の声がした。

「そろそろ引越しが済んだ頃合いですよ。どうですね、皆で拝見に参りませんか」

と昌右衛門がいうところに引越しの手伝いをしていた国三が戻ってきて、

「立派な仕事場が出来ました」

と報告した。

「おお、いまも旦那様がその話をしていたところです」

「おりょう様も離れ座敷に掛け軸を飾っておられました」

観右衛門の言葉に国三が応じた。

「ならば拝見に参ろうか」

と小籐次が立ち上がり、駿太郎に、

「そなたも同道せよ」

と命じた。

「私もですか」

「おお、そなたが物心つく前から世話になった桂三郎さんと夕じゃぞ。夕はそなたの姉様、祝いを述べるは当然であろう」

親子の話を聞いていた国三が、

「研ぎ場は私どもが見守っています」

と言い、駿太郎も立ち上がった。

金春屋敷近くの錺職の工房兼店に、

「錺師芝口屋桂三郎」

の看板がかかった。

駿太郎が母親のおりょうの青田波を真似て彫りこんだ檜の板に、おりょうが認めた屋号の文字を桂三郎が銀板で造り上げて嵌め込んだ。勝五郎から教えられながら彫った駿太郎の青田波は、なかなか迫力があった。なにしろ本職が締めているから様になっていた。

久慈屋の主従と赤目親子が新しい店の前に立って、

「おお、なかなかの看板でございますな」

そこへお夕が姿を見せて、

「ようういらっしゃいました」

と挨拶した。

「新しい仕事場は、どうだな、夕」

「わたしには勿体ない仕事場です」

「せいぜい師匠の桂三郎さんの技を学ぶことだ」

四人が工房に入り、

「おお、これはようございます。桂三郎さんの腕に一段も二段も磨きがかかりますぞ」

と観右衛門がいい、昌右衛門は大きく頷いたものだ。

そのとき、おりょうは離れ座敷の床の間にかけた青田波の掛け軸を眺めていた。

「おりょう、なんぞ不満か」

と工房から坪庭を挟んだ離れ座敷に移動してきた小籐次が聞いた。

「桂三郎さんの新たな出立にはよき掛け軸と思うがな」

「いかにもさようです。青田に吹き渡る風が親子のこれからの勢いを予感させてくれます」

と小籐次の言葉に観右衛門が応じた。

「おまえ様、私の絵よりは五七五に心が籠っておりますよ」

「うーん、『父むすめ　心あらたに　青田風』か、ただ頭に浮かんだ言葉をそのまま並べただけだぞ」

との小籐次の言葉に、

「いえ、ご一統様の心遣いやご親切を表すよい励ましの五七五にございます」

と桂三郎が言い切った。

そのとき、芝大木戸に独りひっそりと三枝薫子の乗り物を見送る子次郎の姿があった。
文政九年の夏の出来事だった。

この作品は文春文庫のために書き下ろされたものです。

文春文庫

定価はカバーに
表示してあります

青《あお》田《た》波《なみ》
新《しん》・酔《よ》いどれ小籐次《ことうじ》（十九）

2020年11月10日　第1刷

著　者　佐《さ》伯《えき》泰《やす》英《ひで》
発行者　花田朋子
発行所　株式会社 文藝春秋

東京都千代田区紀尾井町 3-23　〒102-8008
TEL 03・3265・1211㈹
文藝春秋ホームページ　http://www.bunshun.co.jp
落丁、乱丁本は、お手数ですが小社製作部宛お送り下さい。送料小社負担でお取替致します。

印刷・凸版印刷　製本・加藤製本
Printed in Japan
ISBN978-4-16-791587-2

居眠り磐音

友を討ったことをきっかけに江戸で浪人暮らしの坂崎磐音。隠しきれない育ちのよさとお人好しな性格で下町に馴染む一方、〝居眠り剣法〟で次々と襲いかかる試練と敵に立ち向かう！

※白抜き数字は続刊

居眠り磐音〈決定版〉順次刊行中！

① 陽炎ノ辻《かげろうのつじ》
② 寒雷ノ坂《かんらいのさか》
③ 花芒ノ海《はなすすきのうみ》
④ 雪華ノ里《せっかのさと》
⑤ 龍天ノ門《りゅうてんのもん》
⑥ 雨降ノ山《あふりのやま》
⑦ 狐火ノ杜《きつねびのもり》
⑧ 朔風ノ岸《さくふうのきし》
⑨ 遠霞ノ峠《えんかのとうげ》
⑩ 朝虹ノ島《あさにじのしま》
⑪ 無月ノ橋《むげつのはし》
⑫ 探梅ノ家《たんばいのいえ》
⑬ 残花ノ庭《さんかのにわ》
⑭ 夏燕ノ道《なつつばめのみち》
⑮ 驟雨ノ町《しゅううのまち》
⑯ 螢火ノ宿《ほたるびのしゅく》
⑰ 紅椿ノ谷《べにつばきのたに》
⑱ 捨雛ノ川《すてびなのかわ》

⑲ 梅雨ノ蝶《ばいうのちょう》
⑳ 野分ノ灘《のわきのなだ》
㉑ 鯖雲ノ城《さばぐものしろ》
㉒ 荒海ノ津《あらうみのつ》
㉓ 万両ノ雪《まんりょうのゆき》
㉔ 朧夜ノ桜《ろうやのさくら》
㉕ 白桐ノ夢《しろぎりのゆめ》
㉖ 紅花ノ邨《べにばなのむら》
㉗ 石榴ノ蝿《ざくろのはえ》
㉘ 照葉ノ露《てりはのつゆ》
㉙ 冬桜ノ雀《ふゆざくらのすずめ》
㉚ 侘助ノ白《わびすけのしろ》
㉛ 更衣ノ鷹《きさらぎのたか》 上
㉜ 更衣ノ鷹《きさらぎのたか》 下
㉝ 孤愁ノ春《こしゅうのはる》
㉞ 尾張ノ夏《おわりのなつ》
㉟ 姥捨ノ郷《うばすてのさと》
㊱ 紀伊ノ変《きいのへん》
㊲ 一矢ノ秋《いっしのとき》
㊳ 東雲ノ空《しののめのそら》
㊴ 秋思ノ人《しゅうしのひと》
㊵ 春霞ノ乱《はるがすみのらん》
㊶ 散華ノ刻《さんげのとき》
㊷ 木槿ノ賦《むくげのふ》
㊸ 徒然ノ冬《つれづれのふゆ》
㊹ 湯島ノ罠《ゆしまのわな》
㊺ 空蟬ノ念《うつせみのねん》
㊻ 弓張ノ月《ゆみはりのつき》
㊼ 失意ノ方《しついのかた》
㊽ 白鶴ノ紅《はっかくのくれない》
㊾ 意次ノ妄《おきつぐのもう》
㊿ 竹屋ノ渡《たけやのわたし》
51 旅立ノ朝《たびだちのあした》

新・居眠り磐音

① 奈緒と磐音《なおといわね》
② 武士の賦《もののふのふ》
③ 初午祝言《はつうましゅうげん》
④ おこん春暦《おこんはるごよみ》

（　）内は解説者。品切の節はご容赦下さい。

佐伯泰英
神隠し
新・酔いどれ小籐次（一）
背は低く額は禿げ上がり、もくず蟹のような顔の老侍で、無類の大酒飲み。だがひとたび剣を抜けば来島水軍流の達人である赤目小籐次が、次々と難敵を打ち破る痛快シリーズ第一弾！
さ-63-1

佐伯泰英
願かけ
新・酔いどれ小籐次（二）
一体なんのご利益があるのか、研ぎ仕事中の小籐次に賽銭を投げて拝む人が続出する。どうやら裏で糸を引く者がいるようだが、その正体、そして狙いは何なのか――。シリーズ第二弾！
さ-63-2

佐伯泰英
桜吹雪《はなふぶき》
新・酔いどれ小籐次（三）
夫婦の披露目をし、新しい暮らしを始めた小籐次。呆けが進んだ長屋の元差配のために、一家揃って身延山久遠寺への代参の旅に出るが、何者かが一行を待ち受けていた。シリーズ第三弾！
さ-63-3

佐伯泰英
姉と弟
新・酔いどれ小籐次（四）
小籐次に斃された実の父の墓石づくりをする駿太郎と、父のもとで錺職人修業を始めたお夕。姉弟のような二人を見守る小籐次に、戦いを挑もうとする厄介な人物が―。シリーズ第四弾。
さ-63-4

佐伯泰英
柳に風
新・酔いどれ小籐次（五）
小籐次は、新兵衛長屋界隈で自分を尋ねまわる怪しい輩がいると知り、読売屋の空蔵に調べを頼む。これはネタになるかと張り切る空蔵だが、その身に危機が迫る。シリーズ第五弾！
さ-63-5

佐伯泰英
らくだ
新・酔いどれ小籐次（六）
江戸っ子に大人気のらくだの見世物。小籐次一家も見物したが、そのらくだが盗まれたうえに身代金を要求された！　なぜか小籐次が行方探しに奔走することに……。シリーズ第六弾！
さ-63-6

佐伯泰英
大晦《おおつごも》り
新・酔いどれ小籐次（七）
火事騒ぎが起こり、料理茶屋の娘が行方知れずになる。同時に焼け跡から御庭番の死体が見つかっていた。娘は事件を目撃して攫われたのか？　小籐次は救出に乗り出す。シリーズ第七弾！
さ-63-7

（　）内は解説者。品切の節はご容赦下さい。

佐伯泰英
鑓騒ぎ
新・酔いどれ小籐次（十五）

小籐次の旧主・久留島通嘉が何者かに「新年登城の折、御鑓先を頂戴する」と脅された。これは「御鑓拝借」の意趣返しか？　藩を狙う黒幕の正体は、そして小籐次は旧主を救えるか？

さ-63-15

佐伯泰英
酒合戦
新・酔いどれ小籐次（十六）

十三歳の駿太郎はアサリ河岸の桃井道場に入門、年少組で稽古に励む。一方、肥前タイ捨流の修行者に勝負を挑まれた小籐次は、来島水軍流の一手を鋭く繰り出し堀に沈めてみせるが――。

さ-63-16

佐伯泰英
小籐次青春抄
品川の騒ぎ・野鍛冶

豊後森藩の厩番の息子・小籐次は野鍛冶に婿入りしたかつての悪仲間を手助けに行くが、その村がやくざ者に狙われているのを知り一計を案じる。若き日の小籐次の活躍を描く中編二作。

さ-63-50

佐伯泰英
御鑓拝借《おやりはいしやく》
酔いどれ小籐次（一）決定版

森藩への奉公を解かれ、浪々の身となった赤目小籐次、四十九歳。胸に秘する決意、それは旧主・久留島通嘉の受けた恥辱をすすぐこと。仇は大名四藩。小籐次独りの闘いが幕を開ける！

さ-63-51

佐伯泰英
意地に候
酔いどれ小籐次（二）決定版

御鑓拝借の騒動を起こした小籐次は、久慈屋の好意で長屋に居を定め、研ぎを仕事に新たな生活を始めた。だが威信を傷つけられた各藩の残党は矛を収めていなかった。シリーズ第2弾！

さ-63-52

佐伯泰英
寄残花恋《のこりはなよするこい》
酔いどれ小籐次（三）決定版

小金井橋の死闘を制した小籐次は、生涯追われる身になったと悟り甲斐国へ向かう。だが道中で女密偵・おしんと知り合い、ともに甲府を探索することに。新たな展開を見せる第3弾！

さ-63-53

佐伯泰英
一首千両
酔いどれ小籐次（四）決定版

鍋島四藩の追腹組との死闘が続く小籐次だったが、さらに江戸の分限者たちが小籐次の首に千両の賞金を出し、剣客を選んで襲わせるという噂が……。小籐次の危難が続くシリーズ第4弾！

さ-63-54

（　）内は解説者。品切の節はご容赦下さい。

佐伯泰英
孫六兼元
酔いどれ小籐次（五）決定版

久慈屋の依頼で芝神明の大宮司を助けることになった小籐次。社殿前の賽銭箱に若い男が剣で串刺しにされ、死んでいたという。大宮司は、小籐次に意外すぎる秘密を打ち明けた――。

さ-63-55

佐伯泰英
騒乱前夜
酔いどれ小籐次（六）決定版

自ら考案した行灯づくりの指南に水戸に行くことになった小籐次。だがなぜか、同行者の中に探検家・間宮林蔵の姿が。幕府の密偵との噂もある彼の目的は何なのか？　シリーズ第6弾！

さ-63-56

佐伯泰英
子育て侍
酔いどれ小籐次（七）決定版

刺客、須藤平八郎を討ち果たし、約定によりその赤子、駿太郎を引き取った小籐次。周囲に助けられ〝子育て〟に励む小籐次だったが、駿太郎の母と称する者の影が見え隠れし始め……。

さ-63-57

佐伯泰英
竜笛《りゅうてき》嫋々《じょうじょう》
酔いどれ小籐次（八）決定版

おりょうに持ち上がった縁談。だがおりょうは不安を小籐次に吐露する。相手の男の周りは不穏な噂が絶えない。そして、おりょうの突然の失踪――。想い人の危機に、小籐次どう動く？

さ-63-58

佐伯泰英
春雷道中
酔いどれ小籐次（九）決定版

行灯の製作指南と、久慈屋の娘と手代の結婚報告のため水戸に向かった小籐次一行。だが密かに久慈屋の主の座を狙っていた番頭が、あろうことか一行を襲撃してくる。シリーズ第9弾！

さ-63-59

佐伯泰英
薫風鯉幟《くんぷうこいのぼり》
酔いどれ小籐次（十）決定版

野菜売りのうづが姿を見せず、心配した小籐次が在所を訪ねると、彼女に縁談が持ち上がっていた。良縁かと思いきや、相手は厄介な男のようだ。窮地に陥ったうづを小籐次は救えるか？

さ-63-60

佐伯泰英
偽小籐次
酔いどれ小籐次（十一）決定版

小籐次の名を騙り、法外な値で研ぎ仕事をする男が現れた！その男の正体を探るため小籐次は東奔西走するが、裏には予想外の謀略が……。真偽小籐次の対決の結末はいかに!?

さ-63-61

（　）内は解説者。品切の節はご容赦下さい。

佐伯泰英
杜若《とじゃく》艶姿《あですがた》　酔いどれ小籐次（十二）決定版

当代随一の女形・岩井半四郎から芝居見物に誘われた小籐次は、束の間の平穏を味わっていた。しかしそれは長く続かず、久慈屋に気がかりが出来。さらに御鑓拝借の因縁が再燃する。

さ-63-62

佐伯泰英
野《の》分《わき》一《いっ》過《か》　酔いどれ小籐次（十三）決定版

野分が江戸を襲い、長屋の住人達は避難を余儀なくされた。そのさ中、小籐次は千枚通しで殺された男を発見。その後、同じ手口で殺された別の男も発見され、事態は急変する……。

さ-63-63

佐伯泰英
冬日淡々　酔いどれ小籐次（十四）決定版

小籐次は深川惣名主の三河蔦屋に請われて、成田山新勝寺詣でに同道することに。だが物見遊山に終わるわけはなく、一行を付け狙う賊徒に襲われる。賊の正体は、そして目的は何か？

さ-63-64

佐伯泰英
新春歌会　酔いどれ小籐次（十五）決定版

師走、小籐次は永代橋から落ちた男を助ける。だが男は死に、謎の花御札が残された。探索を始めた小籐次は、正体不明の武家に待ち伏せされる。背後に蠢く、幕府をも揺るがす陰謀とは？

さ-63-65

佐伯泰英
旧主再会　酔いどれ小籐次（十六）決定版

旧主・久留島通嘉に呼び出された小籐次は、思いがけない依頼を受ける。それは松野藩藩主となった若き日の友の窮地を救うことだった。旧主と旧友のために、小籐次は松野へ急ぐ。

さ-63-66

佐伯泰英
祝言日和　酔いどれ小籐次（十七）決定版

公儀の筋から相談を持ちかけられた小籐次。御用の手助けは控えたかったが、外堀は埋められているようだ。久慈屋のおやえと浩介の祝言が迫るなか、小籐次が巻き込まれた事件とは？

さ-63-67

（　）内は解説者。品切の節はご容赦下さい。

佐伯泰英
政宗遺訓
酔いどれ小籐次（十八）決定版
長屋の空き部屋から金無垢の根付が見つかった。歴代の持ち主は小籐次ゆかりのお大尽を始め有名人ばかり。お宝をめぐって長屋の住人からお殿様まで右往左往の大騒ぎ、決着はいかに？
さ-63-68

佐伯泰英
状箱騒動
酔いどれ小籐次（十九）決定版
水戸へ向かった小籐次は、葵の御紋が入った藩主の状箱が奪われるという事件に遭遇する。葵の御紋は権威の証。誰が何のためにやったのか？　書き下ろし終章を収録、決定版堂々完結！
さ-63-69

佐伯泰英
奈緒と磐音
居眠り磐音
〝居眠り磐音〟が帰ってきた！　全五十一巻で完結した平成最大の人気シリーズが復活。夫婦約束した磐音と奈緒の幼き日々から悲劇の直前までを描き、万感胸に迫るファン必読の一冊。
さ-63-70

佐伯泰英
武士の賦
新・居眠り磐音
〝でぶ軍鶏〟こと重富利次郎、朋輩の松平辰平、そして雑賀衆女忍びだった霧子。佐々木道場の門弟で、磐音の弟妹ともいうべき若者たちの青春の日々を描くすがすがしい連作集。
さ-63-71

佐伯泰英
初午祝言
新・居眠り磐音
品川柳次郎とお有の祝言を描く表題作や、南町奉行所与力の笹塚孫一が十七歳のとき謀略で父を失った経緯を描く「不思議井戸」など、磐音をめぐる人々それぞれの運命の一日。
さ-63-72

佐伯泰英
陽炎ノ辻
居眠り磐音（一）決定版
豊後関前藩の若き武士三人が、帰着したその日に、互いを斬る窮地に陥る。友を討った哀しみを胸に江戸での浪人暮らしを始めた坂崎磐音は、ある巨大な陰謀に巻き込まれ……。
さ-63-101

（　）内は解説者。品切の節はご容赦下さい。

佐伯泰英
寒雷ノ坂
居眠り磐音（二）決定版

江戸・深川六間堀の長屋。浪々の身の磐音は糊口をしのぐべく、鰻割きと用心棒稼業に励む最中、関前藩勘定方の上野伊織と再会する。藩を揺るがす疑惑を聞いた磐音に不穏な影が迫る。

さ-63-102

佐伯泰英
花芒ノ海
居眠り磐音（三）決定版

深川の夏祭りをめぐる諍いに巻き込まれる磐音。国許の豊後関前藩では、磐音と幼馴染みたちを襲った悲劇の背後にうごめく陰謀がだんだんと明らかになる。父までもが窮地に陥り……。

さ-63-103

佐伯泰英
雪華ノ里
居眠り磐音（四）決定版

豊後関前藩の内紛終結に一役買った磐音だが、許婚の奈緒の姿がない。病の父親のため自ら苦界に身を落としたという。秋深まる西国、京都、金沢。磐音を待ち受けるのは果たして——。

さ-63-104

佐伯泰英
龍天ノ門
居眠り磐音（五）決定版

吉原入りを間近に控えた奈緒の身を案じる磐音は、その身に危険が迫っていることを知る。花魁道中を密かに見守る決意を固める磐音。奈緒の運命が大きく動く日、彼女に刃が向けられる！

さ-63-105

佐伯泰英
雨降ノ山
居眠り磐音（六）決定版

磐音の用心棒稼業は貧乏暇なし。婀娜っぽい女を助けて騒動に巻き込まれる。盛夏、今津屋吉右衛門の内儀お艶の病気平癒を祈るため、大山寺詣でに向かう一行に不逞の輩が襲い掛かる！

さ-63-106

佐伯泰英
狐火ノ杜
居眠り磐音（七）決定版

おこんの慰労をという今津屋の心遣いで、紅葉狩りへと出かけた磐音たち。しかし、狼藉を働く直参旗本たちに出くわす。後日、狐火見物に出かけた折にもおこんの身に危険が迫り……。

さ-63-107

（　）内は解説者。品切の節はご容赦下さい。

佐伯泰英
朔風ノ岸
居眠り磐音（八）決定版

新年早々、磐音は南町奉行所与力の笹塚孫一に乞われ、名立たる商人一家の毒殺事件の探索に助勢する。一方で、蘭医・中川淳庵の命を狙う破戒僧の一味との対決の時が迫っていた……。

さ-63-108

佐伯泰英
遠霞ノ峠
居眠り磐音（九）決定版

吉原遊女三千人の頂に立つ新たな太夫を客たちが選ぶ催しが行われることに。花魁・白鶴となったかつての許婚・奈緒の名が「松の位」の有力な候補として噂され、磐音の心を騒がせる。

さ-63-109

佐伯泰英
朝虹ノ島
居眠り磐音（十）決定版

見世物一座の美人姉妹の妹の捜索で、思わぬ失態を演じた磐音。熱海の石切場を巡見する今津屋一行に友人の柳次郎と同行、普請奉行の素行を疑い、探索する中、柳次郎が行方不明に……。

さ-63-110

佐伯泰英
無月ノ橋
居眠り磐音（十一）決定版

研ぎに出していた備前包平を受け取りに研ぎ師のもとを訪ねた磐音。そこには徳川家に不吉をもたらすとされる勢州村正を正宗と改鑿して持ち込もうとする大身旗本用人の姿があった。

さ-63-111

佐伯泰英
探梅ノ家
居眠り磐音（十二）決定版

今津屋老分番頭の由蔵に乞われ、磐音は鎌倉へ同道する。主人吉右衛門の後添えに迎えたいと、小田原宿の小清水屋の娘お香奈と対面を果したが、翌朝、お香奈は姿をくらませて……。

さ-63-112

佐伯泰英
残花ノ庭
居眠り磐音（十三）決定版

日光社参の勘定を担う両替商・今津屋からある提案を持ちかけられた磐音。一方、将軍家にも麻疹の患者が出るが、阿蘭陀商館付の医師は、反対派の妨害で城中での診察がかなわない。

さ-63-113